JN000563

金色のオリー

齋藤 利代

三省堂書店
創英社

もくじ

1　転校生クリスティーナ

タカタッ　タカタッ　タカタッ　……

「イリナ、どこへ行くんだー?」

「オリーの行くところー……」

疾走する栗毛の裸馬の上からイリナは大声で答えた。

(今、アホネンさんの畑の横なんだ)

呼びかけてくれた人の声で、それが分かる。

(もうすぐ、オリーが跳ぶ)

イリナは身がまえた。ふわっと体が浮いた。

道の右端に、根が長く伸びた白樺の木がある。オリーはその根っこの上をジャンプする。イリナがそれを望んでいるのを知っているから。

間もなく小川に掛かる橋に達する。ザーッという水の音。この上もオリーはジャアーンプ。そして、右へ曲がり山へ向かってさらに走っていく。

道は、やや上り坂になる。オリーは鼻息を荒くして登っていく。

やがて並足になり、少しずつスピードを落として間もなく止まった。

たどり着いたのは「麗しの泉」。ボコンと音がして水が湧き上がる。

イリナが背中から飛び降りると、オリーはガブガブと水を飲みだした。

イリナも湧き出る水を飲む。目の見えるノエルがいたなら水と一緒に浮き上がって来るゴミを掬ってくれるのだけれど、今日はひとり。水の表面を右手でサーッと掃くと、両手で掬い上げて飲んだ。舌の先に触れた水は甘さをたたえつつ口の奥へ流れ込んでいく。

　水を飲み終えると、オリーはムサムサッと移動してクローバーをはみ始めた。

イリナは来た方向を向いて泉のほとりに腰を下ろした。

　そよ風が頬を撫でて過ぎて行く。ここはコシモ山の麓。イリナたちの前には、コオレリア・オオユキ村の広大な農地が、どこまでも続く青空の下に広がっている。

　村の真ん中を東西に広い道が通っている。さっきオリーが根っこを飛び越えた白樺や橋の掛かった道。村の人たちは、この道をカンバの道と呼んでいる。大雪が降っても分かるように道の北側の所々に道しるべとして白樺が植えてあるからだ。

カンバの道の北側はトマト・ピーマン・ジャガイモ・トウモロコシ・カボチャといった野菜畑が連なり、東の端のオオシモ山の麓にはリンゴ園がある。カンバの道の南側は一面の麦畑である。

南北に走る道は何本もあるが一本として真っ直ぐなものはない。

村の西端はコシモ山の麓からカンバの道を挟んで南へ続くトウヒ林。そのこちら側には広場があって果物や野菜の集荷に使われる。

プーン、グワー……カタコトカタコト

ディーゼル列車の音が聞こえてきた。

トウヒ林の向こうの駅前通りと線路を越えるとコユキ村になる。コユキ村には教会や学校があるが、ここから見えるのは教会の屋根の十字架だけ。

かすかにシューーッ、シューーッと、ひっきりなしに聞こえてくるのはコユキ村の向こうの高速道路を行く車の音。

夏と冬があるだけのコオレリアの夏が少し前に始まった。今日から夏休みだというのに、イリナは言葉にならない複雑な思いを抱えていた。

四月の初めのことだった。学校に迎えに来てくれたオリーの曳くソリの上で、誰か同じ村の人たちは来ないかとイリナは耳をそばだてていた、一番早くここに来た人たちをオリーに乗せようと思って。

朝は、一人でオリーの背中に乗ってやって来る。帰りは父さんが冬の間ならソリを、夏の間は馬車というにはちょっとお粗末な荷車をオリーにつないで学校に送り出してくれる。

イリナは乗った人たちの話を御者台（と言えるほど大した物ではないけど）で聴くのが好きだった。

この間はカロリーナとエレンとアンナを乗せた。

「ねえ、つきあってほしいと男の子に言われて、傷つけないように断るって、どうしたらいい？」とアンナ。

「まあ、あなた、誰かに愛を告白されたの？」とカロリーナ。

「違うけど、心の準備をしてるわけ」とアンナ。

「まだ無い内から、そんな事考えるう？」とカロリーナ。

女の子たちは楽しそうに笑った。

「フィアンセがいるって、断るんだって。最近読んだ雑誌に、そう言って断るのが、相手を傷つけない一番の方法だって書いてあった」とエレン。

「でも、こんな狭い所でフィアンセがいないことなんて、すぐ分かっちゃうんじゃない。そうしたら余計に相手を傷つけちゃうんじゃない？」とカロリーナ。

「うーん、そうかあ」とエレン。

「じゃあ、どうすればいい？」とアンナ。

「アンナ。告白されることを待っては駄目よ。好きな人ができたら貴方から気持ちを伝えなくちゃ。貴方にとって、その人がどんなに大切な存在か伝えることができたら、たとえ恋は成就しなくても相手を傷つけたりも自分が傷ついたりもしないわ」とカロリーナ。

しんみりとした時間が流れ、女の子たちの心がカロリーナの言葉を反芻しようとしていると、

「……なーんちゃって、これも雑誌の受け売りだけど。へへ」と照れくさそうにカロリーナ。

女の子たちは、けたたましく笑った。

イリナが思い出し笑いをしていると、

「あっ、いるいる」

ノエルの声だった。イリナは、にっこり笑った。

ノエルは一つ年上の幼なじみ。彼はリンドホーム学校中等部、イリナは初等部に、同じ村から通っている。ノエルは、とても親切な男の子だ。みんなと遊んでいてもノエルがいれば目の見えないイリナが困ることなど何一つない。

「イリナー、乗せてってくれるかあい？」少し向こうからノエルが声を掛けてきた。

「オッケー」イリナはソリの上から快活に答えた。

近づいてきたノエルが言った。

「イリナ、今、僕の横に転校生のクリスティーナ・マルヨがいるんだ」

「こんにちは、イリナ。よろしくね」

「こちらこそ。ラウディさんの家の離れに引っ越して来た人でしょ？」

「そうよ。わたしもオリーに乗せてもらってもいい？」

「もちろん」

ポク　ポク　ポク　ポク　……

イリナひとりだけの時なら飛ばすオリーも他の人たちが同乗すると並足で行く。

ゆったりと進むソリの上で、ノエルはクリスティーナに村の紹介をしたり、クリスティーナの話を聞いたりした。

彼女はトケリア・ヌクミンから来た人で、体が弱く、きれいな空気の所で住んだ方がいいと医者から言われ、この土地へ引っ越してきたのだと話した。

その日から、どこへ行ってもクリスティーナと彼女の母さんカレン・マルヨの話題で持ちきりになった。

クリスティーナは背が高くほっそりとした美しい人で、しかも大変な秀才であること、マルヨ夫人は作家で家で仕事をしているのだということがイリナの耳にも聞こえて来た。

それから十日が過ぎた。いつものように学校まで迎えに来てくれたオリーの曳くソリの上で誰か来るのを待っていると、中等部の女子たちが噂話をしながら横を通り過ぎた。

「ノエルってクリスティーナに夢中ね」

「ほんとね。授業中だってクリスティーナの方ばかり見てるもの」

「ん？　なんでノエルが授業中にクリスティーナばかり見てるのを知ってるの？　あなたこそ、ノエルばかり見てるんじゃない？」

「やあね、ちがうって。ノエルの視線があまりにもあからさまだから、つい見ちゃって」

「へええ?!　じゃあ、今日は残念ね」

女の子たちが行ってしまうと、まもなくノエルが走ってくる足音がした。

「イリナ、乗せてくれないかあ」

「どうぞ」

返事がぶっきらぼうになってしまった。それをごまかすように明るく言った。

「今日はクリスティーナは？」

「休みなんだ。だから早く帰ってノートを見せてやらなくちゃと思って」

「そう」

少し待ったけれど、今日はノエル以外、村の人たちは来そうもない。

ポク　ポク　ポク　ポク　……

オリーが出発すると、ノエルはイリナの真後ろの席で楽しそうに話し始めた。

「クリスティーナはね、秀才なんだ。クリスティーナはね、絵がうまいんだ。クリスティーナはね、クリスマスに生まれたんだ。すばらしいだろう。クリスティーナにはね、姉さんがいるんだ。今、彼女は一人でヌクミンに住んでいるんだって。クリスティーナはね、……」

イリナはオリーのスピードを上げた。クリスティーナにかなうことなど何一つ無さそうだけれど、イリナだってクリスマスに生まれたのに、そんなこと忘れたかのようにノエルがクリスティーナを賛美するのが悔しかった。

オリーは橋をジャンプし、白樺の根を飛び越えた。父さんには馬車やソリを繋いでいる時は危険だから決してジャンプさせてはいけないと言われていた。ソリが激しく上下してもノエルの「クリスティーナはね、……」は、やまなかった。

数日たった金曜日の放課後、もう誰も待たずに帰ろうと身がまえた所に、クリスティーナとノエルの声が聞こえて来た。

「まあ、すごいのねえ、あなたって」

「そんなでもないよ」

イリナは慌ててオリーの手綱を大きく振ってソリを出した。駅前の道路を渡ると何かから逃げるようにスピードを上げた。

イリナの心は混乱していた。

タカタッ　タカタッ……

全速力で走っているオリーは橋を飛び越え、白樺の根を飛び越えた。
いつもなら、しっかり身がまえるイリナが、白樺の根を飛び越えた時、宙に浮いて雪だまりの上に投げ出された。

タカタッ　タカタッ……

イリナが落ちたことに気がつかずオリーは走り去ってしまった。一瞬何が起きたか分からなかった。雪から立ち上がると、足がひどく痛んだ。しばらくボーッとしていたけれど、やがてオリーの走って行った方角に向かって痛む足を引きずりながら進み始めた。
からのソリを見れば、父さんがオリーを迎えに来させてくれるだろう。それにしてもイリナが落ちたことに気が付かないなんて、何て薄情な馬なんだろう。

「バカ馬。わたしが落ちたのに気が付かないなんて」

バカ馬、バカ馬と繰り返しながらイリナは家を目指した……つもりだった。

「イリナー、どこへ行くんだあ」

「家に帰るの」

まもなく、トナカイのイッキーの曳くソリに乗って運送業を営むトゥイッカさんが遠くから声を掛けてくれた。

「オリーが、わたしを置いてっちゃったの」

「イリナ、そこで、じっとしているんだよ」

トゥイッカさんはソリから降りてイリナを迎えに来てくれた。イリナは作付け前の麦畑の中をカンバの道から遠ざかりつつ歩いていたのだ。

「足を痛めてるのかい？」

「うん、ソリから落ちた時、痛めたみたい」

「さあ、わたしにつかまりなさい」

イリナはトゥイッカさんの曲げた腕につかまって歩きながら、「オリーったらバカなんだから」と繰り返した。

「そう言ってやるなよ。馬やトナカイの方が車よりずーっと頼りになるよ」

とトゥイッカさんは言ったけれど、イリナの怒りは収まらなかった。

イッキーの曳くソリに乗せてもらった。家に近づくとオリーがヮヒーンと鳴いた。その声を聞くと、たまらなく嬉しかったくせに、イリナはわざと怒った振りをした。

「あんたったら、どうしてわたしが落ちたの気が付かないのよ、バカ馬。それに、わたしが乗っていないって気が付いたら、どうして迎えに来てくれなかったのよ、薄情もの」

悪態を突きつつオリーの飼葉の用意をした。

父さんは、どこからか新鮮な草を手に入れたとみえて、裁断機から少し離れた所にイリナの知らない葉っぱがあった。その葉と麦わらを短く切って、サイロから出した飼料を混ぜて飼葉桶の中に入れた。

家に入ると、母さんは痛んだ足を温めてくれた。

次の日の朝のことだった。

「オリーが、ふせってるぞ。獣医を呼んで来るっ！」

父さんの大声でイリナは目を覚ました。慌てて馬小屋に行くと、オリーはワラの上に伏せて鼻で弱弱しく息をしていた。

馬は立って寝る。力もあり足も速い動物だが、草食動物の馬は自然界では肉食動物の餌食となりかねない存在である。だから、いつでも逃げられるように立ったまま寝る。それがふせっているというのは、ただ事ではない。

「オリー」優しく言って、イリナはオリーの首を撫でた。

獣医さんは、すぐに来てくれた。

「腹をこわしている。何か良くない物でも食べたのか」獣医さんはオリーが食べ残した飼葉桶の中を覗いて、言った。「スギナが入っている。これは食べると腹をこわす」

「イリナ、ここに置いておいた葉っぱは、どうした。食べないように除けておいたんだ」父さんは裁断機から少し離れた台の上をトントンと叩きながら言った。

「父さん、ごめん。小さく切って餌に混ぜたの」

「間違いなく腹をこわした原因はこれだ。だが、それ位で、ふせったりはせん。

ケガをしているようすはないし。馬は感受性の強い生き物だ、何か辛い事があったに違いない」獣医さんは言った。

薬を出して、獣医さんは帰っていった。

イリナはオリーのそばにいた。オリーの息遣いを聞くと涙があふれた。

「ごめんね、オリー。わたし……ノエルとクリスティーナにヤキモチ焼いたの。それで……ボーッとしていて、あんたがジャンプしたのに気が付かなかったの。落ちたのは……あんたのせいじゃないよ。それなのに、あんたに八つ当たりした。あんなにひどいこと言っちゃって……信じてもらえないかもしれないけど……わたしはあんたを愛している。死なないで、オリー」

イリナはオリーの頭を抱きしめて泣いた。オリーが助かってくれるなら、どんな辛いことでも耐えられるとさえ思った。

父さんは、その晩オリーの小屋で寝ると言った。イリナもそうしたかったけれど、自分の部屋で寝るように父さんから言われ、しかたなく部屋にもどった。

足の痛みはいつのまにか和らいでいたけれど心が痛み、部屋に帰ってからも涙はあふれた。

日曜日の朝。

「イリナ、オリーの小屋においで」父さんは大きな声でイリナを呼んだ。

心臓が一瞬止まった。顔を引きつらせながらオリーの小屋へ行くと……オリーは立ち上がっていた。

両腕を伸ばすとオリーは首を伸ばしてきて左右の頬を交互にイリナの腕にこすりつけてきた。もういいよイリナ、と言ってくれているようだった。

「イリナ、しばらくはオリーを休ませるから、明日、学校へは歩いて行ってくれないか。ノエルに頼もう」

「ノエルに？」

きっとクリスティーナと一緒だろうけれど、嫌だとは言えない。それにオリーが助かったんだ、二人と歩くことなんてどうってことない……たぶん。

次の朝、イリナの思った通りノエルはクリスティーナと一緒だった。

「イリナ、行きましょう。わたしの腕につかまって」

クリスティーナは、そう言ってイリナに自分の右腕を差し出した。

ノエルとは子供の頃から手をつないで歩いている。それが、最近、何だか気恥ずかしくなってきていた。クリスティーナに腕をつかまるように言われた時には不思議な感じがしたけれど、彼女の動きが良く分かって驚くほど歩きやすかった。

歩きながらクリスティーナがノエルに聞いた。

「あなたのリュック、すてきね。それ、どこで買ったの？」

ノエルのリュックは黒い革製で、金色の糸で麦が一本、刺繍してある。

「中等部に入学する時、イリナの父さんがお祝いに作ってくれたんだ」

「まあ、すてき！　イリナの父さんて、リュックやバッグを作るの？」

「冬の間だけね。オリーの餌代になるの」イリナは、ちょっと得意げに言った。

「ここだね」

ノエルたちは初等部のイリナの部屋まで送ってくれた。

帰りはアンナに手を借りて家まで帰った。

その次の日、最後の授業が終わって外に出るとオリーのソリが迎えに来ていた。イリナは今日は誰も乗せたくはなかった。おそらくイリナを乗せるだけでも負担だろう。

ところが、イリナが手綱を持った時、ノエルが力なく声を掛けてきた。

「イリナ、乗せてくれるかい？」

あまりの弱弱しさに、今日は駄目、とは言えなくなった。

「うん、乗って」

オリーが走り出すと、ノエルが言った。

「クリスティーナにはフィアンセがいるらしいんだ。ここに来る前に将来を約束してきたって」

何日か前、このソリの上でエレンが話していた、男の子を傷つけずに振る方法がイリナの耳によみがえった。

『フィアンセがいるって、断るんだって。最近読んだ雑誌に、そう言って断るのが相手を傷つけない一番の方法だって書いてあった』

（きっとノエルはクリスティーナに告白したんだ。そして、クリスティーナはノエルを傷つけないように、フィアンセがいると言って振った）

ところが、この後、聞き捨てならない噂が中等部と初等部の間を駆け巡った。

クリスティーナは、目の見えないイリナのためにノエルを振ったというのだ。

『当然よね。ノエルはイリナの大切な人だもの。ノエルがいなくなったらイリナは困ってしまうわ』

『ノエルだってイリナのこと思ってるのは明白だったよ。それがクリスティーナの出現で気持ちが揺らいだ』

　話は段々エスカレートして、

『だいたいイリナとノエルは許婚だったらしいよ』

　などと根も葉もない噂が広まった。

（ノエルは、ただ自分に親切なだけ。それなのに、その親切のために不幸にするわけにはいかない。しかも、目の見えない自分のために振ったというのが心外だ）

　イリナは一人、ラウディさんの離れを訪ね、表に出てきたクリスティーナにいきなり言った。

「クリスティーナ。ノエルとわたしは、ただの幼なじみで、付き合っているわけでも何でもないよ」

「知ってるわよ。なぜ、そんなこと言うの？」

「ノエルを振ったんでしょ？」

「そうだけど」

「わたし、ノエルに頼ってたのは事実だけど、だからって目の見えないわたしのためにノエルを振るのはやめてよ」

「失礼ね、あなた。なぜ、あなたのために、わたしがノエルを振らなきゃならないの。わたしにはフィアンセがいるから付き合えないって言っただけよ」

「フィアンセがいるっていうのは、男の子を傷つけないように振るための一番の方法だって雑誌に書いてあったって」

「あのねえ、わたしには本当にフィアンセがいるから、そう言っただけよ」

「へっ？」

「トケリアのヌクミンにいる時、ニコラと婚約したの。だから付き合えないって言ったのよ」

イリナは返す言葉を失った。

「ねえ、ちょっと歩く？」

クリスティーナに手を借りて歩きたくはなかったけれど、彼女の母さんが仕事をしている家の前で、いつまでも話をしていてはいけないと思った。しかたなく彼女が差し出した右腕につかまった。

イリナがあまり来ない山裾の道を麗しの泉までたどり、クリスティーナは話し始めた。

「あなた、何のために、わたしの所に来たの？」彼女の声は落ち着いていた。だが、その声には怒りがこもっていた。

「あなた、目の見えない、『わたしために』、ノエルふったっ、みんな、『うわさる』から」しどろもどろになりながらイリナは答えた。

「あのね、わたしにはトケリアのヌクミンにユリアっていう目の見えない年上の友人がいるの。彼女、最近、目の見える彼氏と別れたの。端的に言うと彼を振ったの。

お祭りで出会った、アツミンから来た人。付き合ってみると、考え方が合わなくて、けんかばかりしてたんだけど、けんかした次の日に何も無かったかのように明るく会いに来られると許してしまったって。

ある日、彼女に辛いことが起きて、彼に聞いてもらおうとしたら、『あんた、暗いな』って言って、最後まで聞いてもらえなかった。それ以来、一緒にいたかった人は、一緒にいると心が塞ぐ人になってしまった。だから、彼女から別れを告げたの。

でもね、その後、彼が目の見えない子を振ったっていう噂が彼のアツミンの友人たちの間で飛び交って、非難の目が彼に向けられてることをユリアは知ったの。

彼女、余程わたしは振られたわけじゃない、自分の意志で別れたんだって言いに行こうとしたんだけど、やめた。とても横柄なことに思えたから」

「別れて、そんな噂立てられるんじゃ、気の毒で目の見える男の子とおちおち恋もできないよ」

「そうでしょう。彼の友人たちってフェアじゃないのよ。でも、あなた、さっき、わたしをこのフェアじゃない人たち扱いした」

「えっ？　どういうこと？」

「どういうことって、自分で考えて」

「なぜさ。ユリアの話をし出したのは、あなたじゃない。あなたには説明する責任があるよ」

「その前に、わたしに不愉快な思いをさせたのは、あなたじゃない。あなたには考える責任があるわ」

沈黙が流れた。ほんの一、二分だったかもしれないけれどイリナには、とてつもなく長い時間に感じられた。

クリスティーナはイリナの左に立った。自分の右腕につかまれと言っているのだとイリナは思った。

腕につかまると、彼女は歩きながら言った。

「ねえ、ユリアは白杖突いてたんだけど、あなたは突かないの?」

「ハクジョウって何?」

「何って聞いた?」

「聞いた」

クリスティーナは大げさに呆れてから言った。

「目の見えない人たちが突いてる杖よ。ユリア言ってた。歩いている場所を確かめるのに便利だし、白杖突いてると目が見えないっていうサインになるから人に手も貸してもらいやすいって」

「この村の人たちは、みんな、わたしが目の見えないの知ってるし、わたし村の中なら大体分かるよ。それにオリーがいるから困らない」

「そうね。だけど、この間みたいにオリーの具合が悪くなることだってあるわよ。一人で歩きたい時だってあるでしょ」

(あなたの言う通り。まさに今)

イリナは心に浮かんだ言葉を口には出せなかった。


それが5日前のことだった。イリナは、ふっと息を吐いた。

クローバーをたらふく食べて満足したオリーが近づいてきた。

「帰ろっか」

イリナはオリーの左側に立ち、足を踏んだり踏まれたりしないように胴体の真ん中辺りに手を当てて歩く。

ムッサッ　ムッサッ　ムッサッ　ムッサッ　……

小川に沿って草の道を橋まで進み、橋を左に渡ると、カンバの道の真ん中をのんびり歩き始めた。

ドドドドドドド……

前からトラクターの音が近づいて来る。ここでは人も車も右側通行だ。本当は右によけなければならないんだけれどイリナは左端に寄った。トラクターは白樺をよけて行くからだ。

けれど端に寄り過ぎた。たいがいは道の端に草が生えているのにイリナがよけた所には草が無かった。バランスを失って水路とその向こうの畦道を飛び越えアホネンさんの畑に飛び降りた。

そこは砂地で、今は何も生えていないはずだった。ところが、

ビッシャーン　　ズブズブ

水を跳ね、足は砂利の中へ埋まっていった。

「イリナ、大丈夫か」

笑いながらアホネンさんが近づいて来る。

「ここって何にも作ってないんだと思ってた」

「今年はクレソンを作ってるんだよ。砂の上に砂利を敷いて、そこに水を引いてるんだ」

「触ってもいい？」

「ああ、いいとも」

アホネンさんはクレソンを取り上げると、ひげ根の所でちぎってイリナに渡した。

渡された物はイリナの掌の長さ位あった。ひげ根のある真っすぐの茎は途中で枝分かれしている。枝には柄のある小さな楕円形の葉が沢山ついている。でも、てっぺんの一枚だけは卵形で少し大きい。どの葉もスベスベで縁は少し波打っている。

「踏んじゃって、ごめんなさい」

「いいや、大したことはない。だけど気を付けておくれよ、お前さんのためにも野菜のためにもな」

「オッケー」

イリナはオリーの前に跳びあがり、体の右側に回って、水の入った靴をブチュブチュ言わせながら、カンバの道のはずれの方にある自分たちの家に向かった。

2 夏休みは試練の中に

次の日の朝、イリナはクリスティーナと彼女の母さんをオリーの馬車で駅まで送ることになった。家を出るのが遅くなり列車に乗り遅れそうだと言って、クリスティーナがイリナの家に駆けこんできた。

父さんは急いで馬車の支度をし、イリナに駅まで送ってやるように言った。

「馬車」は小さな荷車を改造したもので、前後に分かれていて、前の真ん中には御者台が、後ろには二本の肘掛けで区切られた三人掛けの長椅子がある。

クリスティーナはウキウキしていた。

「もうすぐニコラに会えるわ」

「まあ、うらやましいこと」

クリスティーナと彼女の母さんの会話を御者台で聞きながら、フィアンセかどうかは分からないけれどクリスティーナには思いを寄せる人がいるのは本当なんだとイリナは思った。

トウヒ林を抜けて駅前通りに出る手前で手綱を引き締めオリーを左へ誘導した。

オリーはゆっくり駅の前まで進んで止まった。

「ありがとうイリナ。お礼に、おみやげ買って来るわね」

クリスティーナの母さんは、そう言って馬車を降りていった。

クリスティーナがいなくなるとイリナは考えることを放棄した。

これから八月の初めまでイリナは遊びまくる。オリーに乗って駆けまわったり、友だちと遊んだり。日曜日だけは礼拝とマイラの陶芸教室のために教会へ行ったけれど。

友だちとは主にソフトボールをして遊ぶ。

攻撃の時イリナの番が来ると、ピッチャーはボールを転がして来る。

守備の時はイリナの横に補助が付く。つまりイリナのいるチームは十人になる。なぜならノーバウンドで飛んで来るボールは音がしないのでイリナには取れないからだ。その代わり何度もバウンドした球でもイリナが取ればノーバウンド扱いになり、バッターはアウトに、ランナーはもどらなければならない。グランドソフトボールを参考にしてイリナの友人たちはこんなふうに新しいルールを作ってしまった。

だが八月になると、みんな忙しくなった。取り入れが始まるからだ。

イリナもトウモロコシの取り入れを手伝ったり、母さんと一緒にビルベリーを採取してジャムを作ったりした。

トウモロコシは何本も実を付けるが、一番上の雄穂とその下の雌穂一本ずつを残して、後は全部実が小さい内に間引いてしまう。間引いた物は少し自分の家でも食べるが、殆どヤングコーンとして売られる。

しばらくの間は毎日収穫するが、半分はすぐに収穫せずにそのまま置いて固くなるのを待つ。固くなった物は来年蒔く種とオリーの餌になる。

ビルベリーは近くのビルベリーの林で誰でも自由に摘むことができる。イリナの家でも大きなカゴに二杯も摘んできてジャムを作った。ジャムは、そのままパンに付けたり、マフィンに入れたりする。

他にもイリナはピーマンやキュウリやジャガイモの取り入れを手伝うが、トマトは苦手だ。なにせ収穫に頃合いの色が分からない。それでもイリナはトマト畑が大好きだ。完熟したもぎたてのトマトは太陽の味がする。畑から立ち上る香りや新鮮なトマトの青臭いヘタの香りはイリナの心を清々しさで満たしてくれる。

八月十日ごろ、体中から幸せオーラをみなぎらせたクリスティーナが帰って来た。

言葉通りクリスティーナの母さんはイリナにおみやげとして貝殻のネックレスを買ってきてくれた。クリスティーナも買ってきてくれたのだけれど、何と「白杖」だった。

「視覚障害者協会で買って来たの。ホントは本人が来た方がいいって言われたんだけど、わたしのあごぐらいの身長の人だと言ったら、これくらいかなって言って売ってくれたの。おせっかいは分かってるけど、この間みたいに言い合っている相手に手を借りて歩くのは辛かったでしょ？」

イリナはうなずいた。そして嫌でも、あの日のクリスティーナの言葉を思い出さざるを得なかった。

《彼の友人たちってフェアじゃないのよ。でも、あなた、さっき、わたしをこのフェアじゃない人たち扱いした》

あの時のクリスティーナの声の向こうで、今、ここにいるクリスティーナが言った。

「真っすぐのと折りたたみと有ったけど折りたたみにしておいた。リュックにも入れられて便利かなと思って。そうそう、連絡すれば歩行訓練にも来てくれるらしいわよ」

今年は野菜も麦も豊作である。リンゴも順調に育っている。父さんも他の農家の人たちも機嫌が良かった。新しくクレソンを始めたアホネンさんの結果をみんな期待と心配の入り混じった表情で見守っていた。

八月十五日の日曜日。この日、オオユキ村とコユキ村の人たちは午前中の日曜礼拝が終わると、いったん家に帰って食事をし、午後には再び教会を訪れていた。十月半ばにある教会のバザーに出品するものを二階の集会室を使い、グループに分かれて、相談していた。

農作物を出品するグループあり、手作りのケーキを提供するグループあり、手縫いのぬいぐるみやレース編みを出品するグループあり……。マイラの陶芸教室に通っている人たちは自分の焼いた物を出品しようと考えていた。

「暗くなったなあ、雨が降るのか?」誰かが言った。

「あっ、ヒョウ」他の誰かが大きな声で言った。

次の瞬間バラバラという音が教会の屋根をたたいた。雨にヒョウが混じっている。

しばらくするとヒョウは混じらなくなったが、今度はゴロゴロという大きな雷の音がし出した。

イリナの横でクリスティーナがひどく震えている。

父さんたちは、さっきから作物の心配をしている。

一瞬オリーが心配になったが、今日は教会の馬小屋の中にいる。

そのうちに、ひどい風が吹き出した。耳がキーンと鳴った。

やがて雨も風も治まって、今日は、もうここまでということになった。

「父さんと母さんは一足先に帰るから、友だちと一緒に馬車に乗って帰っておいで」母さんは、そう言って慌てて出て行った。

イリナは教会の馬小屋に行ってオリーを引き出して、その時前を通りかかったエリアスとカロリーナとエレンに声を掛けて馬車を出発させた。

三人はバザーに何を出品するか、ウキウキと語り合っていた。ところが小川を越えカンバの道を進むと、みんな突然、無口になった。

イリナは頃合いを計ってオリーの右側の手綱を引っ張って、右に曲がる合図をした。少し前で合図をしても賢いオリーは、ちゃんと道のある所で曲がる。

カロリーナの家の前で止まった。すると馬車から降りたカロリーナが言った。

「イリナ、わたしにできることがあれば何でもするからね」

「うん、ありがとう」

イリナは、そう答えたけれど、なぜ今日に限ってそんなこと言うのだろうと不思議だった。

エレンもエリアスも似たようなことを言って降りていった。

違和感を覚えつつ家の前まで行った、はずなのに何か様子がおかしい。前を建物が塞ぐ感覚がない。

オリーはピタッと止まっている。オリーが家を間違えたことなど、ただの一度だってない。

イリナは馬車から降りて歩を進めた。階段がある。間違いなく入口に上がる階段だ。

イリナが階段に足を掛けると、父さんが、どこからか大声で叫んだ。

「イリナ、動くんじゃない。今、行くから、そこにいなさい」

父さんの声は山にこだました。足音が……真正面から……走ってくる！

「イリナ、それ以上進むと地下室に落ちる。家が竜巻にさらわれたんだ」

風が吹き抜けていく。

イリナは声が出せなくなった。


父さんの話ではイリナたちが住んでいた家もオリーの小屋もサイロも農機具を入れていた物置小屋も、みんな竜巻が持っていってしまった。作物はトウモロコシ畑からリンゴ園にかけて真ん中を斜めにさらわれた。間もなく収穫する予定だったカボチャもジャガイモも。ただジャガイモは地面の下にできているから、かなり残っているのではないかと父さんは言った。

イリナたちはラウディさんの離れを借りることになったそうだ。クリスティーナが住んでいる家とは母屋をはさんで反対側になる。

「オリーは、どこで寝るの？」

やっと声が出た。

「それを今、考えていたところだ」

そんな話をしているところへトゥイッカさんがやって来て、イッキーの小屋を貸してくれると言った。

トナカイのくせに寒がり屋のイッキーは冬の間トゥイッカさんと同じ部屋で寝だして、今も、そこに寝ているそうだ。だからイッキーの小屋が空いていると言ってくれた。

イリナはオリーを連れてイッキーの小屋まで来た。

トゥイッカさんはイリナに飼葉桶や水桶、敷ワラがしまってある小屋を教えてくれた。

馬車を外しオリーを小屋に入れて、ブラシを掛けてやろうとして気が付いた。本当に何もかも奪われてしまったんだ。ブラシさえ無いんだ。しかたなくイリナはオリーに声を掛けながら手で体中のホコリを掃ってやった。

「オリー、明日の朝来るからね」

そう伝えてイッキーの小屋を出た。

トゥイッカさんの家はイリナの家の東、つまりカンバの道の奥にある。だから、めったに来たことがない。あまり歩いたことのない道を一人で歩く。舗装をしている所とそうでない所の違いを足裏で確かめながら、朝まで自分の家があった場所までたどる。とても単純な道なのに、オリーがいないと、なんて心細いんだろう。

父さんとコシモ山の麓近くにあるラウディさんの離れまで行く。母さんが食器を洗う音が聞こえてきた。村の人たちが使っていない食器や道具や毛布を運んできてくれたそうだ。母さんは泣いていたのか鼻声だった。

村の全ての家が竜巻の被害を受けた。でも家が飛んだのはイリナの所だけだった。アホネンさんはクレソンの殆どを持っていかれた。麦にあまり被害がなかったことは幸いだった。

竜巻はカンバの道の南西から北東に抜けオオシモ山に向けて通り過ぎたと思われた。無駄だと知りつつも、次の日、村の人たちは総出でオオシモ山の探索に出掛けた。が、やはり何一つ手がかりは見つからなかった。

イリナが初等部で使っていた本もノートも竜巻にさらわれた。けれど、日曜の午後、教会に行く時にリュックに入れていったクリスティーナからもらった白杖と点字の筆記用具だけは手元に残った。中等部で使う教科書は教会のボランティアの人たちが点訳してくれている最中だった。これに関しては新年度が始まる前だということが幸いした。

次の朝、裁断機がないので、紫ウマゴヤシ（アルファルファ）の頭だけ摘んで、イッキーの小屋へ行った。イリナたちと離れ、たった一頭で心細い思いをしているだろうオリーに好物を持っていってやるために。

午後からはジャガイモ掘りを手伝った。父さんの言う通りジャガイモは地中にかなり残っていた。

3　タイムリミットは夏の終わり

八月二十五日。竜巻が起きてから十日が過ぎていた。ジャガイモが中心の夕食を済ませた後のことだった。

「イリナ、話があるんだ」父さんが言った。

「なあに？」

父さんは、しばらく黙っていたが、フーッと息を吐き、突然決心したように話し始めた。

「イリナ、オリーを売らなければならない」

イリナは父さんが何を言っているのか分からなかった。

「何を売るの？」

「オリーを売る」

イリナは絶句した。なぜ？　なんて聞かなくても理由は分かっている。サイロが無くなってしまった。六か月も続くコオレリアの冬をオリーが食べる草を保存するサイロなしに過ごすのは厳しい。でも、なぜ今!?　夏の間は餌に困らないのに。

「サイロが無くなったんだ。再建するだけの余裕も餌を買ってやる余裕も無いんだよ」

「バッグを作ったお金は？」

「わたしたちの生活費で精一杯なんだ。それに、いつぞやは、お前を落とした し。雪だまりに落ちたから良かった。そうでなければ……」

イリナは驚いて父さんの言葉をさえぎった。

「あれは、わたしが悪いんだよ。ボーッと考え事をしていたの。オリーのせいじゃないよっ！」

「そうだな。オリーは賢い馬だ。黙っていても家には帰って来る。だが、お前は御者としては失格だ。オリーに危険なことをさせすぎる。ソリや馬車をつけているとき飛越させてはいけないと何度も言っただろ。わたしが仕事のためにオリーを使うことは殆どなくなった。お前のためだけに置いている。だが、お前のためにもオリーのためにも、もうこのあたりが潮時だ」

そんな事を理由にオリーを売られるなんて思いもよらなかったイリナは、あえぎながら言った。

「もう絶対、危ないことはさせないから、今は待って。もう少し待って。夏の間だけ待って。わたしがちゃんと世話をするから。お願い、父さん」

イリナの震える足が床にぶつかってコトコトと音を立てた。

朝になり、一睡もできなかったイリナは朝食もそこそこに家を飛び出した。ラウディさんが住んでいる母屋の向こう側の家へ行こうとしているだけなのに、足が動いてくれない。黒スグリに引っかかったり、池に片足突っ込んだりしながらクリスティーナを訪ねた。

「おはよう。どうしたの、こんなに早く」

「クリスティーナ、助けてっ」

自分でも思いもよらなかった言葉が口から飛び出して、クリスティーナにかじりついてワーワー泣きだしてしまった。なぜクリスティーナなのか自分でも分からなかった。背の高い彼女の胸に顔を埋めて泣き続けた。

泣き続けるイリナをクリスティーナは黙って抱きしめた。しばらくしてイリナが泣き止むとクリスティーナが言った。

「ミルク温めましょうか？」

イリナは、こっくりとうなずいた。

温かいミルクを飲みながらイリナは言った。

「オリーが、オリーが売られちゃうの。冬の間の餌代が無いって」

「あなたの父さんは冬の間バッグを作って、それをオリーの餌代にするって言っていなかった?」

「それはカボチャやジャガイモやリンゴを売って、わたしたちが生活するだけのお金があっての事なんだよ。今年はバッグを作ったお金でわたしたちが生活するので精一杯だって」

イリナの目からまた涙があふれた。

「それに、ボーッとしていた時、オリーがジャンプしたのに気付かなくてソリの上から雪だまりに投げ出されたことがあるの。父さんからは馬車やソリに乗っている時は決してジャンプなんかさせちゃいけないって言われてた。父さんは、わたしは御者として失格だって」

理由は話さなくてもクリスティーナに聴いてもらうのは恥ずかしい話だった。

「あなたの父さんは、いつオリーを売ると言っているの?」

「夏の間は待ってくれるって」

夏も半年続く。ということは、タイムリミットは十一月の半ばごろということになる。

「じゃあ、あなたはオリーの飼い主としてふさわしい人間だということを父さんに認めてもらえるよう頑張るのね」

イリナは黙ってうなずいた。

「それから、アルバイトをして冬までにオリーの餌代を稼ぎましょう」

「えっ!?」

思いもよらなかったクリスティーナの言葉にイリナはびっくりして顔を上げた。目の見えないイリナに、どんなアルバイトができるというのだろう。

言ってはみたもののクリスティーナも腕組みしてしまった。

「ねえ、マイラに相談してみない。目の見えない陶芸家の話、聞いたことがあるわ」

「うん」

イリナはうなずいた。陶芸教室では、あなたには陶芸の才能があるとマイラはいつも言ってくれる。

二人は陶芸家のマイラ・ヤニスを訪ねて事情を説明した。クリスティーナは言った。

「マイラ、焼き物を焼いて売るっていうのはどうかしら？」

「うーん、率直に言うけど、今のイリナの実力では現実的ではないわね。馬の餌代って一か月に十万ライネ位かかると聞いたわ。一生懸命作れば事情を知っている村の人たちなら、みんな買ってくれるでしょう。でも、それ以外の人たちにも買ってもらえなければ餌代には、ほど遠いわ」

「そうかあ。じゃあ、オリーでタクシーをするというのは？」

「お金なんか取ったら、父さんに叱られちゃうよ。それに、わたし、この村の地図しか知らないし」

「うーん。それなら、ビルベリージャムを作るというのは、どうかしら？」

「無理だよ。この村の人たちは、みんな自分でビルベリーを摘んできてジャムを作るんだよ。みんなもうきっと作った後だよ」イリナは力なく言った。

「知ってるわ。ラウディさんからビルベリーをもらってウチでも作ったもの。この村の人に売るんじゃないの、土産物屋のナイマンさんに買ってもらうのよ。

トケリアに住んでいる時この村で作ったビルベリーのジャムを買っていたわ」

「でも、母さんが言ってた、ジャムを作るには、けっこう燃料費が掛かるって。今のウチでは無理」

「それは大丈夫。ラウディさんの屋根には太陽光発電用のパネルが付いているのよ。だから、あなたのウチもわたしのウチも台所は、それに対応しているわ。天気のいい日なら燃料費の心配はいらない」

「問題は砂糖代ね」マイラが言った。

「それも大丈夫。ハチミツを使いましょう」クリスティーナが言った。

「山に取りに行くのは危険よ。ミツバチの巣の近くにはスズメバチがいる可能性だってあるわ。慣れていない人にお勧めはできないわ」

「ううん。わたしの家のリビングで採れる」

「えっ?!」「リビングで?」

イリナとマイラが不思議そうに聞いた。

「そう。天井裏にハチが巣を作っちゃって、天井板の隙間からハチミツが垂れてきてるの。ラウディさんに話したら、食べてもいいって言ってくれたから、ありがたく頂いてるの。もうだいぶ溜まった。母さんに話したらきっと使ってもいいと言ってくれるわ」

「でも肝心のビルベリーが手に入る？　少し遅くない？」イリナが心配そうに聞いた。

「心配いらないわ。コシモ山の頂上にある天文台の辺りに行けば、まだ成っているはずよ」マイラが言った。

売る時の入れ物はマイラが粘土代だけで焼いてくれることになった。

そうなれば、たくさんのビルベリージャムを作らなければならない。イリナとクリスティーナは、その日の内に村中の友人たちを訪ねた。そして、オリーの餌代を手に入れるために、明日ビルベリーを摘んでジャムを作るのを手伝ってほしいと頼んだ。もう予定があるとか、ハチが怖いと言って断られもしたけれど、結構たくさんの友人が引き受けてくれた。サイロがなくなって、オリーはどうなってしまうのだろうと、みんな心配していたのだ。

次の朝、集合場所の自分の家に集まってきた友人たちを見て、クリスティーナは驚いた。みんな縁の周りに長い網が垂れ下がった蜂よけのツバ広帽子を被っている。しかも自前のものを持っていないであろうクリスティーナの分と竜巻で失ってしまったであろうイリナの分も持ってやって来た。

「そんなにハチがいるの？」クリスティーナが聞いた。

「いいや、どちらかというと蚊が多いんだ。ビルベリーの花から花へ花粉を運んで実を結ぶのを助けているのは主に蚊なんだよ」エリアスが答えた。

彼らはトウヒ林の向こうの駅前通りを北上し道路の東側を流れるコオレル川に掛かる橋を渡ってコシモ山に入った。そして、徒歩で天文台を目指す人たちのために整備されたハイキングコースをたどり、頂上付近のビルベリーの林までやって来た。

確かに、まだ花が咲いている木には無数の蚊やハチが群がっている。エリアスはイリナの手に近づいて来る蚊を追いながら手早くビルベリーを摘んだ。

クリスティーナの家に持って帰ってみると思いの他たくさんだったので、みんなは近所中からシチュー鍋を借りて来た。そして、鍋の半分ほどにビルベリーを入れるとそこにハチミツが全体にかぶるように垂らしていった。

しばらく置いて、水分がにじみ出たところで鍋を調理機に掛けて大きな木べらでかき混ぜる。水分がなくなるまで絶えずかき混ぜなければならない。みんなして交代で混ぜた。

　できあがったジャムを容器に納めようとして、やっと気が付いた。マイラの容器がこんなに早くできるはずがない。頭を悩ませているとレイヴィが言った。

「村中から要らなくなったビンを集めて来よう」

「でも、それじゃあ容量がまちまちになっちゃうわ」エレンが言った。

「ビンの中に何グラム入ってるか表示すればいいわよ」カロリーナが言った。

　みんなが村中に散って集めて来たビンを洗い、煮沸消毒した後、乾くのを待ってビンの重さを測り、ジャムを詰め熱湯を通してから、また重さを測った。

　ビンに製造年月日と内容物と重さを書いた紙を貼るとナイマンさんの店に行き、自分たちの作ったビルベリージャムを置いて欲しいと頼んだけれど、ここで売る事のできる物は保健局で製造許可を取っている人が作ったものだけだと言われてしまった。

　しかたなく、味見をしてもらうために一番小さいビンを置いてもどった。

「この村にだって自分で作らないで買っている人はいるよ。みんなで手分けして売ってみよう」エリアスは言った。

「値段はいくらにする？」アンナが聞いた。

「ラウディさんに相談しよう」レイヴィが言った。

ラウディさんに味見をしてもらうと、

「うーん、クローバーのハチミツが主なものね。優しくて良い味だわ」と言ってくれたけれど、

「いくらで売ればいい？」エレンが聞くと、

「そうねえ、1キロ1千ライネかな」

「ええ――――!!!」クリスティーナが目を見開いて驚きの声を上げた。「そんな安いの？　わたしたち、ヌクミンに住んでいる時、1キロ4千ライネくらいで買っていたわ。ハチミツ使ってるし、もっと高く売れると思っていた」

「この土地の者は摘んできたビルベリーで、たいがいは自分で作るからね。あなたが今まで買っていた物は手間賃や材料費や光熱費や運賃といった所を全部ひっくるめた値段よ。もっと遠くの国で売っている物は1キロ1万ライネだと聞いたわ」

「そうなんだあ」クリスティーナが、がっかりした声を出した。

「クリスティーナ、気を落とすなよ。今、それが精一杯の値段なら、それで売ろう。この後のことは改めて考えよう」エリアスが言った。

「そうね。あなたの言う通りだわ」

手分けして村中を回ると、もうみんなオリーのためにイリナの友人たちが一肌脱いでいるのだと知っていて、すでに今年の分を作った家でも買ってくれた。中にはカンパしてくれる人もいて、全部売りきって1万3千ライネになった。

みんなは儲けたお金をクリスティーナの母さんに預かってもらった。

それにしても、この先どうやってオリーの餌代を手に入れればいいのだろう？　ビルベリーはまだ手に入りそうだ。ハチミツだって、もうしばらくは大丈夫。でも、この村の人たちに買ってもらうことは期待できない。あきらめ顔のイリナにクリスティーナは言った。

「あきらめちゃ駄目。今天国にいる父さんが、この世にいる時に言ってたわ。あきらめちゃだめだ。あきらめれば物事はそちらの方向へ進んでってしまう。あきらめずに努力すれば、きっと道は開けるって」

次の朝イリナは、オリーに餌を食べさせると、イッキーの小屋から引き出して麗しの泉へ向かった。可哀想に思ったけれど、クツワをはめて手綱を手にした。

オリーの歩調に合わせて泉に向かう。右手にはクリスティーナからもらった白杖を握りしめて。今まで、ずっとオリーに守ってもらってきたのだ、今度は自分がオリーを守らなくては。

泉まで行き、クツワを外してやったのにオリーは頭を下げたまま水を飲もうとしない。どうしてだろうと水面に手をやると、おびただしい量の水草が生えている。

(こんなもの今まで生えたことあったっけ?)

イリナは水を滴らせながら、水草らしき物を取り上げた。

ひげ根が手に触れた。縁に波なみのある楕円形のスベスベした沢山の小さな葉っぱ。別れた茎。てっぺんの葉は……卵形!!!

「これってアホネンさんのクレソン?!」

オリーに水を飲むのを我慢させてアホネンさんの畑に向かった。そして畑の横まで来ると大声で叫んだ。

「アホネンさーん」

「おー、びっくりした！　イリナここにいるよ。おはよう、どうした」すぐ近くでアホネンさんが返事をした。

「アホネンさん、麗しの泉にクレソンがある！」

「ああ、そうかい」信じてなさそうに言って、アホネンさんは笑った。

「あんた、イリナがせっかく教えてくれたんだから見に行っておいでよ」

と奥さんに言われてアホネンさんは見に行った。

イリナは奥さんと話をしながらアホネンさんの帰りを待った。奥さんは竜巻が畑の真ん中に集めてしまった石を平らにしているところだった。

「おー！！！」

村中に響くようなアホネンさんの声が聞こえてきた。間もなく息を切らせて走って帰ったアホネンさんが言った。

「アマンダ、アマンダ、確かにクレソンだ、クレソンだっ」

「えっ、ホントだったんだっ！」

どうやら奥さんも信じてなかったみたいだ。

「イリナ、ありがとう。もう少し探索してみるよ」

イリナはオリーを連れてイッキーの小屋まで帰ってきた、何となく泉の水をオリーに飲ませにくかったし、クレソンをオリーが食べてしまってもいけないと思って。

小屋まで帰ると父さんが来ていた。父さんは餌の裁断機とオリーのブラシを手に入れてくれた。そのことはイリナの気持ちを少し楽にした。

そこへ走ってきたアホネンさんが息を切らせながら言った。

「ミカエル。イリナがクレソンを見つけてくれたんだ。ハアハア。オオシモ山の方へ飛んだものだとばかり思っていたんだが、ハアハア、西側の小川とコシモ山の麓の泉とその上の沢にも飛んでいた。ハアハア。灯台元暗しと言うが、まさか、そんな近くにあるとは思ってもみなかった」

「そうかい。見つかって良かったなあ。竜巻は二回起きたのかもしれないな」

「すまんがオリーと荷車を貸してくれないか」

「ああ、いいとも。わたしも手伝うよ」

父さんと一緒にアホネンさんの仕事を手伝うオリーは生き生きしていた。

仕事が終わりイッキーの小屋に帰ってきたオリーにブラシを掛けていると、アホネンさんが訪ねてきた。

クレソンの八割がもどったと喜ぶアホネンさんはオリーに川下で見つけたというヨシをたくさん届けてくれた。


後二日でイリナは中等部の一年生になる。中等部へ行くようになったら父さんは新しいリュックを作ってくれると言っていたけれど、それは望めない。

ラウディさんは息子さんたちが使っていた机を貸してくれた。村の女の子たちは、もう着なくなったシャツやジャケットを持ってきてくれた。クリスティーナからはハンカチをもらった。母さんは新しい下着とジーンズとTシャツを買ってくれた。イリナは新しく自分の財産になった物たちを小さな箱の中に大事に納めた。

夕方、教会のボランティアの代表の人が、点訳した新しい教科書を持ってイリナを訪ねてくれた。

イリナの点字の教科書には点字本のページと活字本のページとが示されてい る。点訳の仕方を先生とボランティアが相談して打ってくれているので、先生 はイリナの教科書がどんなふうになっているかを知っている。だから
「イリナ・ロヒ、○○ページの図を見て」

と点字のページを指定する。

ボランティアが新しい教科書を届けてくれるのはイリナが初等部の一年生の 時から続いていることなのに、いつもとは違う感情が湧き上がりイリナは新し い本たちを抱きしめた。

4 救いの手

九月になり、初登校の日、イリナはクリスティーナの手を借りてカンバの道

を歩いていた。一人、オリーに乗って行く自信がない。

ところが、もう少しで小川という所で、後ろから蹄の音が近づいてきて、ヒーンという馬の声がした。

「あら、オリー」振り返ったクリスティーナが言った。

オリーは二人の横で止まり、激しく鼻で息をしながら、
ヒヒーン
と、いなないた。

「なぜ、ぼくに乗って行かないの？　って言っているわよ」

イリナはオリーに近づき、首を撫でた。

「オリー、一緒に行きましょう」

クリスティーナがそう言うと、オリーは二人の歩調に合わせてゆっくり付いてきた。

オリーは初等部の校門の前で立ち止まりかけたけれど、クリスティーナにうながされて中等部の前まで来た。

「オリー、明日からは、こっちへイリナを乗せて来るのよ」

イリナは泣きそうになりながらオリーを家の方へ向けて、返した。

入り口を入ってすぐの掲示板にはアルファベット順の名前の横にクラス名が貼り出されている。イリナは一年Aだった。

「イリナ、こっちこっち。わたしたち、また同じクラスね」

クリスティーナに部屋まで送ってもらうと、ダニエラが声を掛けてきた。彼女とは初等部で何度も同じクラスになっていた。エレンやアンナとも同じクラスだった。

その日は校長先生の話をクラスに備え付けのテレビを通じて聴き、担任とクラスメートたちの自己紹介をして終わりになった。

今日はどうやって帰ろうかと考えていると、ダニエラが言った。

「ああ、来た来た。オリーって賢いのね。ここの校門の外にオリーがいるわよ、イリナ」

父さんがオリーを来させてくれるなんて思っていなかったイリナはびっくりした。

「ねえ、一度、馬車に乗せてくれない？」ダニエラが言った。

「わたしも」ベルナも言った。

「わたしも乗ってみたいなあ」エミリアも言った。

ダニエラとベルナとエミリアはコユキ村の人たちだ。コユキ村の道をあまり知らないイリナがためらっていると三人は校門の前を真っすぐ行ける所までいいと言ったので乗せることにした。

馬車が動き出した。初めはオリーの方ばかり見ていた三人だったけれど、そのうちベルナがこんな話を始めた。

「ねえ、高等部のエリザベート・カルフとユーリウス・ナイマンが『レストラン・ミユキ』で食事をしてたんですって」

「レストラン・ミユキで？　うらやましいなあ」とエミリア。

「エリザベート、今、カーラの母さんに教えてもらってウェディング・ドレスを縫ってるらしいわよ」とダニエラ。

「あー、もう、おしまいだわ」と悲しそうにエミリア。

「えっ？　おしまいって？　あなたユーリウスに恋をしているの？」とベルナ。

「何が？　だって、もう曲がり角」とエミリア。

「あはははあ……」爆笑が起きた。

オリーが怯えるのではないかとイリナが心配するほど大きな声だったけれど、後ろに乗せた人たちの笑い声に慣れているのか、オリーは落ち着いて立ち止まった。

三人が笑いながら降りていくと、イリナは馬車の方向を変えて、そっと手綱を振った。


九月最初の土曜日、イリナの友人たちは朝早くから集まってビルベリーを摘んだ。買ってくれる人の当てがあるわけではないけれど、ビルベリーが手に入る内にジャム作りを敢行した。

帰ってくると、クリスティーナの家を借り、彼女の母さんが近所から借りて来てくれた鍋にビルベリーを入れ、前と同じように彼女の家のリビングで採取したハチミツを掛けてフタをした。

水分が浸みだすまでの間、タベマイラが届けてくれたという入れ物を見た。それを見て、みんな当惑してしまった。

どうみても5百㎖位しか入らない卵形をした乳白色の容器。身には縁の左右に羽根のような取手。ちょこんと乗ったフタのてっぺんに半円形のツマミ。

「フタ、ぴったり閉まらなくて煮沸しにくいね」イリナが不安げに言うと、

「マイラには悪いけど、またビンを集めようか」レイヴィが言った。

そんな相談をしているところにアホネンさんが訪ねてきた。

「また、ビルベリージャムを作ってるんだって？　良かったら、わたしに手伝わせてくれないかね」

「作るのは、わたしたちだけで大丈夫。今困ってるのは作ったジャムを入れる入れ物と、だれに売るかなの。もう、この村では売れないでしょうし」クリスティーナが言った。

「マイラが入れ物を焼いたんじゃなかったのかね？」

「これを焼いてくれたんだけど、ビンみたいに熱湯が通せないんだ」

マイラの焼いた容器を持ち上げてエリアスはアホネンさんに見せた。

「これは見事なジャムポットだ」

「でも、これに入れては売りにくいわ」カロリーナが言った。

「確かにな。ジャムはレトルトパックにしてはどうかね。それをこのポットに入れて売るんだ」

「だけど、売るんだったら袋は熱圧着しなければならないんでしょ？」クリスティーナが聞いた。

「そうだ。去年リンゴジャムを作った時、ビンではなくレトルトにして売ったんだ。だから機械はウチにある。使い方を教えるから君たちでやってみたらどうかね？」

「ということは保健局の許可を取っているってこと？」クリスティーナが聞いた。

「そうだ。わたしは『キッチン・アホネン』という名前でジャムを売る。その名で売って構わなければ、今日君たちをアルバイトとして雇うよ」

「わたしのことも？」イリナが聞いた。

「当たり前じゃないか。実はな、前回、君たちがジャムを作った時、こんなことがあったんだ。わたしがナイマンの土産物屋に行くと、ナイマンは店の奥でクラッカーにジャムを塗って食べている所だった。ナイマンは言ったんだ。

『さっき、お前さんの村の子供たちがビルベリーのジャムを作って売り込みに来たんだ。味見をして欲しいと置いていったのを食べているんだが、これは、うまい。だれか保健局の許可を取った者が手伝ってくれれば、この店に置いてやれるのに』ってな」

一気に問題が解決した。ただ、アホネンさんの家で造らなければならないのでオリーの荷車に鍋を乗せて大移動をしなければならなかった。

夕方、ジャムを作り終えると、植物のセルロースからできた袋に詰めて熱圧着し、それをジャムポットに納めた。

「さあ、これをナイマンの店に売り込みに行こう。明日の朝早く、だれか、わたしと一緒に来られるかね？　あそこは日曜の朝、客が多いんだよ。前の晩に天文台へ行った人たちが一睡もせずに下りて来て、軽食をとったり土産物を買ったりして行く」

「わたし行く」イリナが言った。

「わたしも」クリスティーナも言った。

次の朝早く、イリナとクリスティーナとアホネンさんはナイマンさんの店にいた。アホネンさんから、交渉は自分たちでするように言われていた。

「うーん、一ポット4千ライネだな」ナイマンさんが言った。

「どうして？　マイラの作った物って最低でも6千ライネくらいはするんでしょ？」イリナが不服そうに言った。

「ああ、そうだ。このマグカップは6千ライネで売っている」

ナイマンさんは手に取ったものをイリナに触らせた。

「このカップよりジャムポットの方がちょっと大きいし、しっかりしてるよ」

イリナが異論を唱えた。

「その通りだ。だが、このカップには繊細な模様が描かれている。それに6千ライネの中には、わたしの儲けも入っているんだよ」

「そうかあ。じゃあ、わたしたちが持ってきたマイラ・ヤニスが焼いた高級なジャムポットに入った飛び切り美味しいビルベリージャムはいくらで売るの？」クリスティーナが聞いた。

ナイマンさんは一瞬ためらってから言った。

「6千ライネから7千ライネだな」

その時、店に入ってきた人がいた。その人は店の中をひとわたり見てから、こちらの方を向いて、聞いた。

「そのポット、いくらなの？」

「7千ライネです」

ナイマンさんが答える前に、クリスティーナが答えていた。

「まあ、いいお値段ね」

「これはマイラ・ヤニスが焼いたポットです」「中身はクローバーのハチミツで煮たビルベリージャムです」

クリスティーナに続いてイリナが答えた。

「うーん。7千ライネねえ」

次に店に入ってきたグループの一人が言った。

「あっ、このポットの中身、『キッチン・アホネン』のジャムなんだ。去年リンゴジャム買ったんだけど美味しかった」

「これはハチミツを使っていますから、また違った旨さがありまして」アホネンさんが嬉しそうに言った。

「そうなんだ。マイラ・ヤニスのポット付きなら得だなあ。買おう」

「じゃあ、わたしも」

あっという間に五つ売れてしまった。

クリスティーナは得意げにナイマンさんを見上げた。ニマッと笑ってナイマンさんが言った。

「分かった。一ポットにつき5千5百ライネで買おう。全部買い取るから、マイラへの支払いは、そっちでやっとくれよ」

このあと教会の日曜礼拝に行く。教会には点字の聖書がある。点字の出版所から出版されたものである。活字一冊の新約聖書はコオレリア語の点字にすると十五巻にもなる。

牧師さんはイリナが座った席にその日お説教で使う聖書を持ってきてくれる。今日は『マタイによる福音書』だった。

礼拝の後、イリナとクリスティーナは友人たちに今朝の結果を報告した。みんなは手をたたいて喜んだ。

アホネンさんはバイト代を払うと言ったけれど、みんながクリスティーナの母さんに預けて欲しいと頼んだのでアホネンさんはイリナたちの代わりにマイラに粘土代を支払って、残りの8万ライネを全部クリスティーナの母さんに渡してくれた。

アホネンさんは、それからもジャム作りを手伝ってくれた。けれど、やがてビルベリーは無くなり、ハチが集めてくる蜜の味が変わってしまうとジャム作りは暗礁に乗り上げた。

『あきらめちゃ駄目。あきらめれば物事は、そちらの方向へ進んでってしまう。あきらめずに努力すれば、きっと道は開ける』

イリナはクリスティーナの父さんの言葉を自分に言い聞かせた。

5　消えた二つの初恋

十月十六日、明日は教会のバザーだという前の日。昼食後クリスティーナが訪ねてきた。

「まあ、クリスティーナ、顔が真っ青じゃない。体の具合が悪いの？」クリスティーナを見た母さんは心配そうに言った。

「いいえ。体は大丈夫です。ヌクミンに帰らなければならないことがあって、駅までオリーの馬車に乗せてっていただきたいんです」

イリナは驚いた。この村に来た時から誰とだって親し気に話すクリスティーナが今日は、とても丁寧に話している。何か大変なことが起きているに違いない。

「わかったわ。ちょっと待っててね」

母さんは急いで出ていった。

「クリスティーナ、どうしたの？」

イリナが聞くと、クリスティーナは震える声で答えた。

「ニコラから手紙が来たの。婚約を解消したいって。理由も書いてないの。だから、わたし今からニコラに会いに行ってくる」

母さんはオリーに馬車を繋いで家の前まで連れて来た。

「イリナ、駅まで送ってあげなさい」

返事をする前にイリナは家を飛び出していた。

クリスティーナを駅まで送って、イリナは聞いた。

「いつ帰ってくるの?」

「明日帰ってくる。あさってからまた学校だもの、ニコラも」

十四時きっかりの列車でクリスティーナは出発した。


次の朝、教会のバザーの日。父さんは全部使っておいでと言って、千5百ライネもこづかいをくれた。

オリーに餌をやって、今日は一人で行くことを告げるとイリナは白い杖を突いて出掛けた。きっと、みんなイリナはクリスティーナと行くと思って誘ってはくれないだろう。

いい天気だった。太陽は髪の短いイリナの首を焼いた。

カンバの道を右端を確認しながら歩いていると、ノエルの足音が近づいてきた。

「イリナ、ひとりかい？」

「そう」

「じゃあ、一緒に行こう」

そう言ってノエルはイリナの手を取って、何時ものように掌を合わせてつないだ。そんなふうに子供みたいに手をつなぐのは噂を気にしていないからだと思ったものの、イリナは今まで感じたことの無かった違和感を覚えた。

イリナが右手に持った白い杖を見てノエルが言った。

「杖なんか突いてるんだ。僕がいるから、そんな物しまっちゃえよ」

なにか引っかかりつつも一緒に歩いている人から、そう言われては突きにくくなって、イリナは白杖をリュックにしまった。

教会の表はバザーの設営が始まっていて、リサイクルの洋服や手作りのエプロンなどが、もうハンガーに掛けられて並んでいた。
日曜礼拝が終わり、無料のサンドイッチと飲み物を表のテーブルで食べると
ノエルと二人、会場を見て回った。
一階の入口を入ってすぐの所に野菜や果物が売られている。
二階の広間には陶器の食器や花瓶、木彫りの船や飛行機、ぬいぐるみやレー
ス編みのテーブルクロスなどが並んでいた。手作りのケーキなどもここで売る
ようだ。
イリナの焼いた馬の鞍形のスプーンレストを見ている時だった。
「あら、ノエル」女の子の嬉しそうな声が言った。
「ロザリア！」ノエルも嬉しそうに答えた、イリナとつないだ手を体の後ろに
隠しながら。
「あなたも来てたの？」
「ああ、この子は僕の幼なじみのイリナだよ。目が不自由なんだ」イリナの手
を慌てて振りほどきながら言い訳がましくノエルは言った。
「そうなのね」納得したように言った後、ロザリアはイリナにあいさつをした、

「イリナ、よろしくねえ」と尻上がりに。

その声の中に人を見下すような響きがあった。

「ロザリア、よろしく」イリナも、あいさつした。

けれど、ロザリアはイリナの声が聞こえなかったかのようにノエルをはさんで反対側に立って彼と話し始めた。

(この人はコユキ村のロザリア・コルホネンだ。とてもきれいだと評判の)

その時、カランカランと表でゲームが始まる合図の鐘が鳴り響いた。

「ロザリア、行こう」

そう言って、ノエルはイリナの手首をつかんだ。

イリナは、ノエルにつかまれた手首をねじって外しながら言った。

「わたし帰るね。クリスティーナを迎えに行くの」

用があるとだけ言えばいいのに、わざわざクリスティーナの名前を出す自分を意地悪だと思った。でも、

「そうなんだ。クリスティーナ出かけてるの?」全く気にもせずノエルが言った。

「うん、ヌクミンに行ってるの」

それまでイリナを無視していたロザリアまでがノエルと共に送ると言い出したのを丁重に断ってイリナは一人になった。そして、ノエルから「そんな物」と言われた白杖「なんか」を取り出してホッと溜息をついた。

一階へ下りると、野菜のコーナーは賑わっていた。箱ごと買って行く人もいる。父さんの声は無い。村が空っぽにならないように何人か交代で来ているはずだ。

このまま帰ろうと教会を出たけれど、父さんが千5百ライイネもくれたのは、それを教会に寄付してきなさいという意味だと思い直し、きびすを返した。

ますます賑わってきた野菜のコーナーをやっとすり抜けて二階へ行くと、

「すいません、ケーキのコーナーはどこですか?」と大きな声で聞いた。

「イリナ、こっちだよ。そこから左の方へ行って壁にぶつかったら、そのまま壁伝いにおいでえ」

エリアスの母さんの声だった。

イリナは壁まで行くと白杖を床にはわせ、壁伝いにエリアスの母さんの所まで小走りに行った。

「おや、今日は、いい物を持ってるねえ。どうしたんだい、それ」

「クリスティーナが買って来てくれたの」

「ほう、便利そうだ」

「うん。ほんとは突く訓練を受けるといいらしいんだけど」

「そりゃあ受けた方がいいね。何だって我流より、よく分かっている人の助言は受けるものだよ。わたしも去年、料理バサミの使い方を習ったのさ。自分では見よう見まねで分かっているつもりだったけど、教えてもらったら思っていた以上に便利に使えるようになったよ」

エリアスの母さんのお蔭で心が楽になった。

「ケーキ一つ、いくら?」

「5百ライネだよ。少し高いけど飛びきり美味しいからね。ここで食べてくかい?」

イリナはその場で食べることにした。

一口食べた。少し塩の効いた美味しいマフィンだった。二口め！！！

「おいしいだろ」エリアスの母さんがにこやかに言った。

イリナは大きくうなずいた。エリアスの母さんはイリナたちが作ったビルベリージャムをマフィンの中に入れてくれていた。

クリスティーナにも食べさせたくて、マフィンをもう一つ買い、他の人が買ったから売ってることが分かったクッキーも手に入れた。

ここで千5百ライネを全部使って、エリアスの母さんのお蔭で「そんな物」から「いい物」に昇格した「便利」な白杖を突きながら教会を後にした。

今まで一人で渡ったことの無かった大通りの交差点で信号が変わるのを待つ。心臓がバクバクする。

イリナの右向こうで車が止まった。左の方でも止まった。

白杖を体の前に少しだけ挙げて歩いて行く。信号が止めた車なのに、まるで白杖が止めたみたいで心地良い。

車を運転している人たちに注目されているだろうと思ってカッコ良く歩きたかったのに、渡り切った所でちょっと、つまずいた。おっとっと。

カンバの道を家のあった所までたどって、畑で働いていた父さんに馬車の用意をしてもらった。オリーに乗るなら、勝手に引き出すけれど、オリーにハーネスを付けたりシャフトを繋ぐのは得意じゃない。

イリナはオリーを急がせた。十五時二分発の列車がそれより少し前に駅に到着する。ぎりぎり間に合って駅前で待っていたけれど、クリスティーナは降りてこなかった。

馬車を駅前に置いて、オリーを麗しの泉まで連れて行き、水を飲ませたりクローバーをはませたりして時間をつぶし、また駅にもどった。

オリーに声を掛けながら、シャフトを慎重にハーネスに繋ぐ。

（フー。やったっ。成功）

だが、十六時三分の列車にもクリスティーナは乗っていなかった。今度はどこへも行かずにその場で待つことにした。

馬車に乗ってボーッとしていたら、さっきロザリアが現れた時、ノエルがつないでいた自分の手を背中に隠して慌てて振りほどいたことを思い出してしまった。

（子供扱いされてるとばかり思っていたけど、好きな女の子に見られては都合の悪いことをしていたという意味？　わたしの目の見えないのを利用していたの？）

今朝、カンバの道で感じた違和感の理由がわかったような気がして、イリナの目に涙がにじんだ。

ノエルとは、ずーっと一緒だった。知らず知らず恋をしていた。コオレリア一好きだった男の子は、今日、嫌な男性に変わってしまった。

イリナはノエルに触られた左の掌をジーンズに何度も何度も擦りつけた。

（ロザリアは、なぜ、あんな言い方をしたんだろう？　ノエルと一緒にいたから、やきもちを焼いたんだろうけど。人を見下すことで溜飲を下げたのだろうか？）

今は、これ以上考えないことにした。いかなる理由があるにせよ他人を見下すような人に自分を壊されたくはない。

ジェラシーなど髪の毛の先ほども感じなかった。ただ、いったいノエルはクリスティーナのどこが好きだったんだろう？

《彼の友人たちってフェアじゃないのよ。でも、あなた、さっき、わたしをこのフェアじゃない人たち扱いした》

ふいにクリスティーナの声が頭の中で言った。

（クリスティーナが目の見えないわたしのためにノエルを振ったという噂を聞いて、わたしは彼女を責めた。心外だと思ったから。でも噂は間違っていた。心外なのは彼女の方だろう。それは分かる。でも、それがどうしてフェアじゃない人たち扱いしたことになるんだろう？　そもそもユリアの彼氏だった人の友人たちは、なぜ彼氏の方がユリアを振ったって決めつけたんだろう？）

クリスティーナの言葉の意味を考えていたらつらさが和らいでいった。それは、とても不思議な感覚だった。イリナは右手の甲で涙を拭った。

十七時過ぎに列車が到着した。降りてきた人の中にクリスティーナの足音を探した。けれど聞き覚えのない足音たちは、みんなイリナの横を通り過ぎていってしまった。

もう一本だけ待とうかと考えていたイリナの方へ、引きずるような足音が近づいてきた。

「クリスティーナ？」小さな声で聞いてみた。

足音は止まった。そして、その場にくずおれてしまった。

イリナは急いで馬車を降りると、走っていって足音の主の方へ手を伸ばした。

「イリナ」

クリスティーナは、そう言うと、くずおれたまま小さなイリナに抱きついて泣きだした。

イリナは自分のお腹の前でしゃくりあげるクリスティーナの頭を黙って抱きしめた、以前彼女がそうしてくれたように。

だいぶ経ってクリスティーナが泣き止むと、イリナは彼女の手を取ってオリーの馬車に導いた。そうして彼女が後ろの真ん中の席に落ち着くと、オリーの手綱を軽く振った。

ポク　ポク　ポク　ポク　……

オリーは並足で駆け始めた。

ラウディさんの離れに着くと、イリナは、お尻を滑らせて横を向き、頭だけクリスティーナの方に向けた。

クリスティーナが話し始めた。

「ニコラは転校してきた女の子を好きになってしまったんですって。わたしのことが嫌いになったわけじゃないけど、その子と付き合いたいから婚約は解消してほしいって。内緒で付き合ったら、わたしに悪いからって言うの。

……わたし何も言えなかった。夏休みは、あんなに幸せだったのに。会わなくなってからまだ二か月しか経っていないのに」

またクリスティーナはしゃくりあげた。

「ニコラとの生活ってこんなかしら、あんなかしらって考えて毎日が楽しかった」

イリナの家でも、ラウディさんの母屋でも、クリスティーナの家でも、そっと窓が開いて閉まる音がした。

イリナにはクリスティーナの心を癒す言葉など見つけられそうになかったけれど友情を込めて、言った。

「ニコラを知らないから、こんなこと言ったら、あなたに嫌な思いさせるかもしれないけど……、ニコラは、あなたのどこが好きだったのかな。きれいな顔や、スタイルだったら、別れて良かったよ。あなたの内面を愛していたなら、そんなに簡単に気持ちが変わるはずないもの」

どのくらい経っただろう。クリスティーナが鼻声で言った。

「ありがとうイリナ」

彼女は、なかなか暮れないコオレリアの空を見上げた。

「まだ明るいけど遅いわよね。もう家に入るわね。きっと母さんが心配しているから」

イリナは、うなずいた。そして、おみやげのマフィンを渡した。

クリスティーナは馬車を降りてオリーの傍に行った。

「オリー、ありがとう」

オリーが、フフン、フンと返事をした。

足音はしなかった。イリナにはクリスティーナがオリーに寄り添っているのが分かった。オリーの温かさが彼女を癒してくれる。そのことを誰よりも分かっているイリナはじっと待った。

しばらくして、イリナとオリーに「おやすみ」とあいさつして、彼女は玄関のチャイムを鳴らした。

クリスティーナが家に入るのを聞き届けてイッキーの小屋へ向かった。

イッキーの小屋で、オリーにブラシを掛けていると、父さんの足音が近づいてきた。心配して様子を見に来てくれたに違いないけれど、今日はオリー以外だれとも一緒にいたくはなかった。

6 「母さんの水あめ」

次の日の放課後、クリスティーナをオリーの馬車に乗せてやろうと彼女の教室を訪ねると、彼女は体調が優れなくて早退したと言われた。

イリナはオリーを急がせて家に帰ってきた。でも、慌てて帰ってきたところで何ができるというのだろう。体調が良くないのなら、イリナが訪ねても迷惑に決まっている。イリナは手持ちぶさたでぼんやりしていた。

すると、「気を付けてね」と母さんを送り出すクリスティーナの声が聞こえてきた。

(なんだ、元気そうじゃない)

イリナが思っていると、母さんが言った。

「イリナ、さっきフリーダ(エリアスの母さんの名)から牛乳をたくさんもらったから、バターを作ったんだよ。クリスティーナの所へ持っていってあげてちょうだい。それから水あめも」

イリナがためらっていると雷が鳴りだした。あの日も雷が鳴っていた。

母さんが落ち着かなくなった。でも父さんが帰ってくると、ほっと溜息をついた。

まだ遠くで鳴っている雷の音を聞いて思い出した、あの日クリスティーナが自分の横でひどく震えていたことを。

(クリスティーナを一人にしちゃいけない)

イリナは、バターと水あめをリュックに突っ込むと玄関を飛び出して、クリスティーナの家の前に立った。

ところが、インターフォンを鳴らしても、ドアをたたいても反応が無い。

(なんで?)

雨が降ってきた。雷の音が近づいてくる。心配は不安に変わった。

「クリスティーナッ」

ドアを激しくたたきながらイリナは叫んでいた。

「クリスティーナッ、(どうして出てくれないの?)」

体が震え、涙がこぼれた。

やがて雨はやみ、雷の音は遠ざかっていった。すると、ドアがゆっくり開いて、

「イリナ、どうしたの?」

クリスティーナの声が、のんびり言った。

「どうしたのじゃないよ。なぜ、すぐ出てくれないの？」イリナは夢中で言った。

「耳栓してたの」

「みみせん?!」

「雷、怖いんですもの」

イリナは体の力が抜けた。

「何か用？」

「早退したって聞いたけど」

「きのう眠れなかったから早退しただけ。帰ってきて一眠りしたから大丈夫」

「そう。それから、母さんがバターを作ったから、あなたに持って行くようにって」

「まあ、ありがとう。入って」

イリナが目をぬぐったけれど、クリスティーナには雨を掃っているようにしか見えなかった。

——ヌクミンでのこと。近所に雷が落ちた。稲光がして一秒も経たない内に

ガラガラガラ、ガッシャーン、ドーン、ドーン、ドーン

という激しい音がした。しばらくしてパチパチという音にクリスティーナが気が付いた。母さんが外に見に行くと、少し離れた家が燃えていた。火の粉は、すぐ近くまで飛んできて、道に落ちた。それ以来クリスティーナは雷が怖くなった。――

「それだけじゃないの。お台所に立つのも怖くて」

(ん？)

「バター持って来てくれて、うれしい。ちょっと、お腹が空いたけど、母さんが出掛けちゃって。パン焼くの怖いし、付けるものも何にもなくて」

「ねえ、オリーが売られちゃうって、わたしがここに話にきた時ミルク温めてくれたじゃない。それにビルベリージャムも一緒に作ったし」

「あら、そう言えばそうねえ。あの時は夢中で怖いのを忘れてたんだわ、きっと。でも今日は駄目」

「そうなんだ。わたし、何か作ろうか？」

「ほんと？　卵があると思うんだけど」

「目玉焼きでいい？」

「ええ」

ビルベリージャムを作ったから、ここの台所の様子は分かっているけれど、

「フライパン、どこ？　……油、どこ？　……卵、どこ？　……お皿、どこ？」

いちいち確かめなければならない。

「ねえ、クリスティーナ、油入れる時だけ見てくれない？　自分の家だったら、スプーン使って指先で確かめちゃうんだけど」

「指先で確かめてよ。近づくの怖いもの」

黄身は少し硬め、裏側は焼かない、味付けは塩・コショー。クリスティーナの注文にこたえてなんとか焼き上げ、パンも焼いた。

「おいしい。持つべきものは、お料理の上手な友達ね」

上手ではないけれど、おいしそうに食べてくれるのがイリナは嬉しい。

クリスティーナがパンにバターを塗った。

「できたてのバターって、おいしいのね」

「あっ、そうだ。水あめも持ってきたんだった。母さんの水あめは、おいしいよ」

「そうなんだ」

イリナは台所から見つけてきたスプーンをクリスティーナに手渡すと、彼女は水あめをビンから一さじ掬って食べた。

「ああ、おいしい。トケリアにいる姉さんにも食べさせてあげ……！」

クリスティーナは絶句した。自分自身驚きのあまり声が出ないのだ。

「どうかした？」イリナが聞いた。

「うん、どうかした。わたし、どうして気が付かなかったんだろう。おバカさんねえ。ワハハハハ。イリナ、父さんは正しかったよ。きっと大丈夫、ワハハハ」

笑い出したクリスティーナに、イリナは、ただただ、あっけに取られた。

「イリナ、ヌクミンの姉さんに頼んでみる。きっと協力してくれるわ。オリーを預かってもらいましょう」

「でもそれは……」

「迷惑とか、そんな事考えないで。わたしたちの大切なオリーをどうやったら守れるかを考えましょう。姉さんならきっと助けてくれる。だけど、オリーの餌代は、これからもなんとか手に入れましょうね」

　水あめをもう一口食べたいと言って、クリスティーナは自ら台所へ立ち、きれいなスプーンを持ってきた。

　イリナは彼女に「怖さ」を忘れさせる母さんの水あめはスゴイと思った。だから、ふっと頭に浮かんだことを口にした。

「クリスティーナ、オリーの餌代を手に入れるのに水あめを利用できないかな？」

　クリスティーナは大きく息を吸った。その目はキラキラ輝いていた。

「うん、いい考えね。水あめを作って、それを売るか、水あめで何かのジャムを作って売りましょう」

「マイラに頼ってばかりいられないから自分でポットを焼くよ。高くは売れないけど」

「それ、いいわねえ。もし良かったら、わたしに絵付けをさせてくれない？」

「うん、お願い」

イリナは早速、水あめポット作りに取り掛かった。そして土台の上で少し広がった寸胴の身と、縁が垂れて、てっぺんに馬の鞍のホーンみたいなツマミのついたフタとを作りあげた。

その間、クリスティーナはニコラとの悲しい別れを忘れようとするかのように必死に駆け回った。

最初に、アホネンさんに助言を求めると、イリナの母さんに保健局から許可を取ってもらうといい、と教えてくれた。

そこで、イリナの母さんに必死に頼んで、保健局から「食料製造に関する許可」を取ってもらった。

それから、水あめポットの絵付けもした。

水あめ作りは二人で協力しあってやった。

イリナ：まずコーンスターチと水を1対5くらいの割合で混ぜる。底が固まるので木べらでほぐして調理器にかけ、かき混ぜながら煮ていると糊状になる。煮立ったものはリビングのクリスティーナへ。

クリスティーナ：これが六十度くらいまでさめた所に乾燥麦芽を加える。すると、あっという間に液状になる。

二人：これをクリスティーナの家から借りてきた保温機に入れて六十度で五時間から八時間、置く。表面が透明になるのを確かめて布袋で濾す。

イリナ：濾したものを煮詰めていくと泡が浮いてくる。

この泡はイリナには掬えない。他の料理とは違い適当に掬えば水あめの量が減ってしまう。

クリスティーナ：意を決して鍋に近づき、スプーンで泡を掬い取る。小皿の上にそっとスプーンを置き、慌ててリビングへ走る。

イリナ：煮詰まってきたら、スプーンで掬って流す。

クリスティーナ：イリナが掬って流したものが糸を引くようになるのを確かめたら、できあがり。

冷めた水あめを袋に詰め、アホネンさんに熱圧着してもらったものを寸胴の水あめポットに入れてナイマンさんのお店で売ってもらった、「母さんの水あめ」と名前を付けて。

イリナの友人たちもアルバイトをしてカンパしてくれたので、大金ではなかったけれど、少しずつオリーの餌代は貯まっていった。

しかも喜ばしいことにクリスティーナの台所への恐怖心は徐々に薄らいでいった。

だが、クリスティーナの姉さんからの返事は、

「無理だって。馬なんか飼ったことないんだから」

だった。

7　冬毛の饗宴

十一月。間もなく冬がやって来る。馬もトナカイも冬の準備を始めた。全身栗毛のオリーの体中にセーターの毛玉のような白い冬毛が顔を出した。トナカイのイッキーは全身ふっかりとし、特に胸毛がフサフサし出した。

この日、エリアスとレイヴィはトゥィッカさんとイッキーを手伝って、コシモ山の山頂にある天文台に冬の間の食料と水を運び込むアルバイトをしていた。この時期この辺りは霧が出やすい。霧の晴れ間を狙って一気に運び込まなければならない。

山の中腹までは、つづら折れの道を車で行ける。けれど、中腹からは、足で踏み固めて縁に木をはめ込んだだけの簡易な階段があるだけなので、イッキーの力が必要になる。

イッキーは階段の両脇に車輪を跨がせた荷車を引き上げる。車の後ろを押して階段を何度も往復し、最後の荷物を納めて、天文台から降りてくる途中で崖の下を覗き込んだ三人は目を疑った。

日当たりが悪いためか山腹から真横に向かってくねくね曲がりながら伸びている十数本のヤマナラシの木に、とてつもない数のカボチャが引っかかっている!! 夏の間、カボチャを覆い隠していた大きな葉が冬を前に紅葉し山裾に散っていったので姿を現したのだろう。

それが竜巻にさらわれたイリナたちのカボチャだと気が付いたエリアスとレイヴィは、すぐにイリナの父さんに知らせに行った。

話を聞いた父さんは半信半疑でオリーに乗って出掛けていったが、しばらくして帰ってくると、言った。

「イリナ、手伝ってくれ。カボチャだ。カボチャのツルが木に引っかかっている」

オリーの曳く荷車に高枝切バサミと長縄を乗せ、そこにイリナが飛び乗ると父さんは出発した。

エリアスたちがカボチャを見つけた場所は天文台への階段を少し上がった所

だった。

父さんは微妙なバランスで吊り下がっているカボチャたちを高枝切バサミで、あちらを切り、こちらを切りして摘み取っていく。

父さんから渡されたカボチャを階段の下で待っているオリーの荷車に積む。カボチャはとても重たかったけれど、オリーが父さんに必要とされていることが重さを忘れさせた。

ビュン、ヒュルルルルと音が飛んで行く。父さんは遠くのカボチャを投げ縄で引き寄せる。

大きなカボチャを父さんと二人で運び一番上の真ん中に納めると、荷車は一杯になった。

「今日は、ここまでにしよう。続きは、また明日だ」

父さんがカボチャに縄を掛けると、イリナはオリーの手綱を取って歩く父さんの腕につかまって歩いた。


クリスティーナはイリナの家が有った場所にいた。エリアスとレイヴィから

イリナたちはコシモ山で見つかったカボチャを取りに行ったと聞いて待ってい
た。

空は青く、明るい太陽が降り注いでいる。ポックポックポックという馬の蹄
の音にクリスティーナはカンバの道に飛び出しイリナたちの方へ走りかけて止
まった。

オリーが輝いている、陽の光を浴びて。白い冬毛は、まるで体にちりばめた
真珠のようにまばゆい。美しい馬が、きらびやかなカボチャの馬車を引っ張っ
て近づいてくる。

彼女の心は、まるで子供の頃に読んだおとぎ話の中に迷い込んでいるかのよ
うであった。が、やがて我にかえると大きくうなずいて、にっこりほほ笑んだ。

次の日は学校があった。イリナは父さんを手伝いたかったけれど、今日は村
の人たちが手伝ってくれるから心配は要らないと言われて一人で学校に来た。

放課後、オリーは来なかった。一人で帰ろうとしているイリナにリンドホー
ム学校高等部のハンナとグレーテとエリザベートが一緒に帰ろうと声を掛けて

くれた。

「ねえ、ユーリウスと『レストラン　ミユキ』で食事したんでしょ？　どうだった？」ハンナがエリザベートに聞いた。

「どうだったって、結構おいしかったけど」

「もう婚約指輪はもらったの？」グレーテが聞いた。

「たぶんね」

「そんな返事、ないんじゃない。わたしたち、あなたとユーリウスを祝福したいと思って聞いているのに」ハンナが不愉快そうに言った。

「ちょっと待って、誤解してるわ。結婚するのはユーリウスの父さんとわたしの母さんよ」エリザベートが慌てて言った。

「えええ――――！！！」「ほんと、それ」

ハンナとグレーテが叫んだ。

――土産物屋のナイマンさんとエリザベートの母さんは心を通わせていたが、子供たちを気遣って結婚を見合わせていた。そんな二人のために、結婚式をプレゼントしようと、エリザベートとユーリウスは計画を立てていた。――

「じゃあ、あなた、ウェディングドレスは母さんのために縫っているの？」グレーテが聞いた。

「そうなの」

「まあ、素敵ねえ。ごめんね、噂信じて変なこと言っちゃって」ハンナが済まなさそうに言った。

「いいのよ。それより、結婚式に来てあげてね」

「もちろんよ」ハンナが言った。

「絶対行くわ」グレーテが言った。

一人になるとイリナは考えた。今回は傷つく人がいなかったから良かったものの、噂なんて、なんて無責任なんだろう。少しの事実に憶測や思い込みがプラスされて、繰り返される内に、まるでそれこそが事実であるかのように伝わっていく。

それにしても噂に振り回されてクリスティーナを責めた自分は何て愚かだったんだろう。

少し落ち込んで家路をたどったイリナだったけれど、家に着くと憂鬱な気分を吹き飛ばしてくれるほどのニュースが待っていた。

カボチャを取りに行っていた父さんたちは、一瞬の霧の晴れ間、コシモ山とその北側のミゾレ山との谷合に、イリナたちの家の部材と思われる物を発見したというのだ。


次の日から大騒動。まず、谷合のその場所へどうたどり着くかが村の人たちによって話し合われた。

相談の結果、ミゾレ山とコシモ山の西側を流れるコオレルル川を利用することになった。

イカダを組み、北から流れるコオレルル川の川上から二つの山の間まで下ってくると、ここで降りて谷合に入った。そして、間違いなくイリナたちの家であることを確認した村の人たちは、ばらばらになってしまった木材を草の上を滑らせて川まで運んだ。

ここでイカダに乗せて川下へ。途中いくつかある橋の下は身をかがめて通り過ぎた。コオレルル川がコユキ村に向かって方向を変えるトウヒ林の手前で陸揚げした。

ここからはオリーとイッキーが大活躍。陸揚げした物を台車に乗せてイリナたちの家が有った所まで運んできた。

作業が始まって六日目のこと、たくさんの瓦の破片や木切れの下からサイロが発見された。サイロもコオレル川から陸揚げされ、今度はイッキーとオリーの二頭立てで運ばれてきた。


その次の日からは、村の人たち総出で建て替え作業を始めてくれた。

「そこは、そうじゃねえ。もう、じれってえな。貸しな」

車いすから立ち上がって、リンドバーグさんは金づちを受け取った。

トン　トン　トン　トン　トトトトト……

見事な手つきで釘を打つ。

半年前にケガをしてリハビリをしていたアマンダ・アホネンの父さん、大工のリンドバーグさんはイリナの家を建てた人だ。自分の建てた家が、建て直されると聞いて、様子を見に来てくれた。初めのうちは、

「見つかった窓が少ないから、どこに付けるか決めなきゃ駄目だ。外の壁はウロコ状に重ねていくんだ」

などと車いすの上から、みんなに指示していたけれど、とうとう立ち上がって金づちを持った。

みんな自分のウチの物置くらいなら自分で建ててしまう人たちばかりだ。けれど、建てるのは人が住む家。口うるさいリンドバーグさんに閉口しつつも、その言葉に従った。

おかげで元の家よりだいぶ小さくはなったけれど、頑丈な二階家ができあがった。続いて物置が、そしてオリーの小屋も。

円筒形のサイロは、もと立っていた穴の縁まで引きずって行き、真ん中あたりに縄をかけて、オリーに引かせ、みんなで持ち上げると立ち上がって、もとの位置に納まった。

イリナはリンドバーグさんにお礼を言った。

「リンドバーグさん、ありがとうございました」

「イリナにそんなに、しおらしくお礼を言われると、照れるよ。なあに、役に立てたのが嬉しいんだ。それに、お前さんはアマンダたちのクレソンを見つけてくれたしな」

「あれは偶然だったんだよ。オリーが、すぐに泉の水を飲まなかったから気が付いたの」

「イリナだったから見つけられたんだ。アマンダもレオもおれも小川の中は何度も見ていたはずなんだ。けれどクレソンはオオシモ山の方へ飛ばされたとばかり思ってるから見つけることができなかったのさ。思い込みが目を節穴にしていたんだな」

そうイリナには優しい声で言ったけれど、頑固者のリンドバーグさんは娘のアマンダをさんざん手こずらせて帰っていった。

新しい家の一階は台所とリビングとバスルームだけ。二階は二部屋で、西側に母さんと父さんの部屋、東側がイリナの部屋になった。

イリナの部屋の後ろにオリーの小屋がある。オリーが、ごそごそする音が聞こえて嬉しいはずなのに、むしろ今は切ない。

新鮮な草を保存するためのサイロが見つかるのが遅すぎたのだ。紫ウマゴヤシはまだ手に入る。でも、すっかり冬の準備をし終わった野原の草は枯れ、川下のヨシも枯れ始め、餌にはならない。せめてもう少し早く見つかれば、トウモロコシを播いて成長途上の物を刈り取り、中に納めることができたかもしれないけれど。

8　オリー売られちゃうの

十一月の終わり、オオユキ村にしては遅い初雪が降った日、見慣れない大きなトラックがカンバの道に入ってきた。タイヤにチェーンを巻いて、ゆっくりゆっくり進んでくる。

麦を刈り取った後の畑で雪合戦をしていたイリナの友人たちがそのトラックに気が付いた。

「馬運車だ！」エリアスが叫んだ。

「オリーを運ぶためじゃないわよね」エレンの声は震えていた。

「わたしたちが貯めたお金は二十五万ライネ位はあるんでしょ？」カロリーナが言った。

「二十五万ライネは馬の餌を全部買わなければならない場合、二か月半、分くらいにしかならないんだよ」エリアスが言った。

「それにしたって二か月半あるんだったら、どうして今なんだ。サイロだって見つかったのに」腹立たしそうにレイヴィが言った。

馬運車はイリナの家の前で止まった。

「オリーどうなっちゃうの？　どこかの農家に売られちゃうの？」アンナが心配そうに聞いた。

「いいや、無理だろう。オリーは歳を取っているし、馬を仕事に使う農家は、もう殆ど無いに等しいよ。恐らく……食肉業者に売られるんだ」エリアスが言った。

泣きだしてしまう者、怒りだす者、いたたまれなくなって家に駆け込む者。気が付くとエリアス一人になっていた。辛いのはエリアスも同じだったけれど、見届けなくてはという気持ちで麦畑の中にたたずんでいた。

やがて、運転台のドアが開き、ジーンズに黒のダウンジャケットを身に着けた背の高い若者が降りてきた。エリアスは、その人を遠くからにらみつけた。彼が悪いわけではないことは分かっているけれど、この辛さをどこへぶつけていいかわからない。

だが、どうも様子がおかしい。クリスティーナが、その運転手に抱き着いた！ 続いてイリナまで!!

エリアスは駆け出していた。


白い息をもうもうと吐いて走って来るエリアスを見て、クリスティーナが叫んだ。

「エリアース。姉さんのフローラがヌクミンからオリーの餌を運んできてくれたのお」

「えっ！ 君の、姉さん？ が？ オリーの餌を?!」

「そうよ。姉さん、トラックの運転手してるの」

「へぇえ!!　やあ、フローラ。ハアハア。でも、なぜ馬運車？　ハアハア」

一瞬驚きと戸惑いとをないまぜにしたような表情を浮かべたエリアスだったけど、次の瞬間には満面に笑みをたたえ息を弾ませながらフローラを見上げた。

「やあ、エリアス。それがさ、あんまり大きなトラックは村で一番大きな道にも入らないだろうって妹が言うし、なるべく一度で運びたかったからね。馬運車なら空間が広いからいっぺんにたくさんの草が運べると思ってさ」

エリアスが、慌てて友人たちに知らせに行った。みんな真っ赤な目をして集まってきた。

馬運車の後ろから降ろした草は温かくて、みずみずしかった。それを小さな荷車に積み替えて、みんなでサイロまで運ぶ。

サイロでは、ハシゴに乗ったイリナの父さんが上の方にある投入口に草を噛ませていた。草の束が厚くならないよう広げて噛ますと繊維に直角にバリバリ切って呑み込んでいく。

エリアスたちが渡した草を受け取ったフローラは軽々とハシゴ段を登っていって、イリナの父さんに手渡す。

馬運車いっぱいの草は、たちまちサイロに収まった。

「ありがとう」「なんとお礼を言えばいいのか」

イリナの父さんと母さんがフローラにお礼を言うと、彼女は言った。

「いやあ、妹から冬の間、馬を預かって欲しいと言われた時には度肝を抜かれて断りました。なにせ馬は飼ったことがないんです。でもイリナと妹から送られてきた物を見たら、気が変わりました」

そういって運転席から彼女が持ち出したのは、寸胴の白い水あめポットだった。

そこに描かれているのは、真珠の冬毛もまばゆい「金色のオリー」だった。金色のオリーが、日の光にきらめくカボチャたちを乗せた荷車を曳いて、誇らしげに歩いていた。

――フローラは、これを見たら放っておけなくなった。そこで、馬に詳しい人に相談すると、ヌクミンならサイロが無くても飼えるだろうと言われた。それで、牧畜業を営んでいる友人たちから馬の餌になる物を安く譲ってもらう約束をしていたのだが、サイロが見つかったと聞いて、その餌を今日、運んできたのだった。——

「だけど、お礼ならイリナの親友たちに言ってください。何せ今日運んだ餌代も、車のレンタル代もガソリン代もみんな彼らが稼いだものから出ていますから」

「えー！　ほんと？」「ほんとに？」「やったあ」「うれしい」「よかったあ」

みんな拍手しながら口々に言った。

父さんは彼らの顔を一人一人見渡して、言った。

「みんな、ありがとう。竜巻の後、わたしたちはオリーを手放すことは、いつか受け入れなければならない現実として一日も早くイリナに伝えなければならないと思った。何もかも失って、あの時は、これ以上傷つかないための覚悟をしてしまった。

だが、君たちがオリーをあきらめないでいてくれたお蔭でカボチャも家もサイロも返ってきて、大方の冬支度までできあがった。そう簡単に物事をあきらめてはいけないということを君たちに教わったよ」

「わたしたち、オリーが好きなの。小さい時から馬車やソリに乗せてもらっていたから。役に立てて嬉しい」

みんなの代表のようにカロリーナが言ったけれど、言い終えると泣きだしてしまった。さっきまでオリーは売られてしまうと思っていたのだ。緊張感から解き放たれて、心の中で何倍にも膨らんだ喜びが彼女に涙を流させた。

みんなの目にも涙が浮かんだ。

イリナはオリーを馬小屋から引き出してフローラに会わせた。白い冬毛は真珠では無いけれど、イリナが毎日ブラシを掛けた体は冬日に映えてツヤツヤと輝いた。

「やあ、オリー。会えて嬉しいよ。妹の絵より何倍もイカしてるよ」

そう言ってフローラはオリーの鼻面を撫でた。


高速道路を夜通し飛ばしてきたフローラは、妹たちが住む家で一眠りした後、

「新鮮な餌が必要な時は、いつでも言ってください。すぐに運んできますから」

と言って、ヌクミンに帰っていった。

この後、トウモロコシや煮豆を干した物など穀物が村中から届けられ、麦わらと共にオリーの小屋の天井裏に納まると、オリーの冬支度はすっかり整った。

9　暖かいクリスマス

クリスマス。朝の食事が終わるとクリスティーナは慣れないスノーブーツを履いてイリナの家を訪ねた。自分と同じ誕生日のイリナへプレゼントを届けるために。

彼女は油を入れる容器を視覚障害者協会から取り寄せていた。

「これ、頭を二回押すとテーブルスプーン1杯分くらいの油が出てくるって」

「わあー、こんなものが、あるんだあ！　便利だね、ありがとう」

「便利よね。だから、わたしも買ったの。使おうと思って」

イリナはクリスティーナに白いエプロンをプレゼントした。

「お料理をしなさいってこと？」クリスティーナが聞いた。

イリナは首を振った。

「ううん、あなたを守ってほしいから」

「わたしを？　何から？」

「火と水。エプロンは服を汚さないためにすると思ってるでしょ？」

「うん」

「それだけじゃないよ。火と水から調理する人を守ってくれるんだよ」

クリスティーナは泣きそうになった。

「わたしみたいに目の悪い人が使い易くしたミシンがあったんだけど、竜巻に持ってかれちゃった。だから、へたくそで悪いんだけど、手で縫った」

「イリナ、わたしのためにありがとう。大変だったでしょ？」

「このエプロンが、あなたを守ってくれると思ったら、ちっとも大変じゃなかった」

クリスティーナはイリナを抱きしめた。

「わたし、このエプロン掛けて少しずつ、がんばってみる」

少し間をおいてイリナが言った。

「あのね、わたし、きのう神様にお礼を言ったの。あなたみたいな変な人この村によこしてくださって、ありがとうございましたって」

「変なのは、あなたよ。そうでしょう？　わたしがノエル振ったからって、自分のために振るのはやめて、なんて言ってくる人いる？」

「いる」

「まあ、確かにね」

「だけど、クリスティーナ、わたし謝らなければならない」

「何を？」

「噂に振り回されて真実を確かめもしなかったこと。それに、あなたが、わたしのためにノエルを振ったって決めつけたこと。

ユリアを振ったと言って、ユリアの彼氏だった人を責めた人たちは障害者は障害ゆえに恋に受け身のはずだと決めつけているんだよね。そんなふうに思うのは障害のない自分の方が人間的に上の存在だと思い込んでいるからだよね。その人たちにはユリアが自分の意志で恋の結末を決めたなんて想像もつかないよ、きっと。

わたしと親しかったノエルを、目の見えないわたしのために振ったって決めつけたのは、あなたが、わたしを自分より下の存在として見ているからでしょって言ったのと同じよね。ごめんなさい、クリスティーナ、失礼なこと言っちゃって。

オリーが売られちゃうって思った時、わたし、どうしてあなたの所へ行ったのか分からなかった。でもあの時あなたが、とてもフェアな人だと感じていたのだと思う」

「わたしの方こそ偉そうな言い方してごめんね、イリナ。でも、わたしの言ったことを考えていてくれてありがとう。考えてみたら、文句言いに来てくれなかったら、こんなふうに話せるようにはならなかったわね」

「でも、噂信じて決めつけたのは良くなかったよ」

「その事は確かにね」クリスティーナは、ほほ笑みながら言った。「わたし、この村に来て良かった。あなたに会えたし、みんな親切だし、何より、あなたが裸馬で疾走してるのに、だあれも心配してないし、目の見えないあなたが手綱を取る馬車やソリにみんな乗りたがるし、ヌクミンでは想像もつかなかった事ばかり」

「それは、みんなオリーを信頼しているからだよ」

「そりゃあ、そうよね」

(むっ。それに、みんなわたしが並外れた運動能力の持ち主だってこと分かってるからだよ。でも……、ま、いっか)

オリーの小屋で、ゴソゴソッと音がした。その音を聞くと二人はフッと笑いあった。
二、三日降り続いた雪で野も山も畑も白一色だった。けれど小さい電気ストーブがあるだけのイリナの部屋は、どこよりも暖かだった。

10　おまけの話

エリザベートとユーリウスは、天文台へ行く人たちが少なくなる冬を待って、両親に結婚式と二人きりの旅をプレゼントしようと話し合っていた。しかし、今年はいつにもましてオリオン座が美しいと言って、天文台を訪れる人が絶えない。そこで、エリザベートとユーリウスと二人の友人たちが土産物屋の留守を預かることにした。

本格的に雪が降り始めた一月の初めに、エリザベートの母さんアマリア・カルフとユーリウスの父さんイーロ・ナイマンの結婚式が日曜礼拝の後の教会で執り行われた。

アマリアとイーロは一緒にチャペルに入場してきた、これまで支え合った人生の証として。二人は入場してきた時から泣いていた。アマリアはエリザベートの縫い上げた、花々が刺繍された白いドレスに身を包み、ユーリウスが組んだというカトレアのブーケを手にしていた。黒いモーニングを纏ったイーロの胸元にはエリザベートの刺繍したポケットチーフが、襟にはユーリウスのコサージュがあった。

心配していた子供たちに祝福されて結婚式を贈られるなんて泣かずにはいられないだろうとみんなは言った。

神の御前で愛を誓い、指輪を交換し、口づけを交わし、出口へ向かう二人にみんなが祝福のクローバーのポプリを投げた。花の少なくなるコオレリアの冬には生花のかわりにポプリを投げる。「幸福」という花言葉を手掛かりにエリザベートとユーリウスが集めたものである。高く舞い上がった花たちは二人の肩や頭にたどりつくと白いまりのようにポンポンと弾み、それから床に舞い降りて楽しそうに跳ねまわった。

式の後、アマリアが投げたブーケを受け取ったのはアンナだった。

「まあ、どうしよう。まだ告白する人もいないのにぃ」アンナが思わず言った。

その言葉にみんな笑ったけれど、カロリーナとエレンとイリナは手をたたいて、待つことをやめた友をたたえた。

プーン、グワー……カタコトカタコト

アマリアとイーロを乗せたディーゼル列車が、今、「ハレリア」に向けて旅立った。

あとがき

目の見えない子が裸馬に乗って疾走したり、ソリや馬車で人々を運んだり、そんなこと物語の中だけの話だとお思いになるでしょうね。ところが、本当にそんな子供はいたんです。

その方は北海道に生まれました。物心ついた頃には目は見えませんでした。子供の頃、その方は納屋から引き出した裸馬に乗っては疾走させ、畑に働く人たちから「みのるちゃん、どこへ行くの？」と声を掛けられて、自分の位置を知りました。その方の御家族は冬になると「みのるさん、駅まで送ってくれない」と言って、馬ソリで駅まで送ってもらうのです。帰りは馬が勝手に家まで帰りました。これは、毎日新聞社発行「点字毎日」の元記者で、後に社会福祉法人視覚障害者支援総合センターの理事長になられた髙橋實さんの子供時代の話です。髙橋さんのことは四十年余り前の学生時代から存じ上げていましたが、子供時代のことは御著書「この道一筋Ⅱ　点毎と文月会とセンターと　――点字毎日文化賞受賞ならびに卒寿記念――」を拝読して初めて知りました。

その日、わたしは神奈川の或る障害者の施設で点字の校正のお手伝いをしていました。時間が空き、一人で部屋にいる時でした。突然、窓の外を裸馬に乗った少女が疾走しだし、「イリナ、どこへ行くんだあ」という男の人の声が聞こえてきました。イリナと呼ばれた少女は橋を渡り、山の麓の泉にたどりつくと、馬と一緒にガブガブ水を飲み始めました。わたしは持っていたメモ帳に頭に浮かんでくるストーリーを走り書きし、次に書く作品は、これだと確信しました。

でも、これは明らかに髙橋さんの御著書に影響を受けています。ですから髙橋さんに手紙を書き、御著書の中から馬で疾走するシーンとソリで送り迎えするシーンをわたしの作品に使わせてくださいとお願いしました。手紙を差し上げた後、電話でお願いしました。髙橋さんは「いかようにもお使いください」

と言ってくださいました。そして数日後、お手紙までくださいました。わたしは電話で許可をくださったのに、なぜ手紙を？ と思いましたが、自分は確かにこの人に許可を出したという証拠をくださったのだと気づき胸が一杯になりました。髙橋さんはご病気の療養中ですのに。有り難くて何度も何度もその手紙を読んでは、この作品を書き上げました。

わたしは、この作品の中にわたし自身が経験したこと、感じたこと、友人から聞いたことなどを織り交ぜました。読んでくださった方に、きれいごとからは決して導きだせないものを感じ取っていただきたいという願いを込めて。だから、この本があなたと友だちになれたなら、この上ない喜びです。

ところで作品を書く時、目の見えないわたしは点字で原稿を書き、それを夫に普通字の原稿に仕上げてもらいます。何度も手を入れるので夫には苦労を掛けています。今時、多くの視覚障害者がパソコンを使って自分で墨字（点字に対して目の見える人たちの使う文字を、こう呼んでいます）の原稿を起こしているでしょうに、わたしは辛抱強い夫に甘えっぱなしです。

ですから、最後に、ご自分の著書の内容をわたしの作品に用いることをお許し下さった髙橋實さんと、この本を読んでくださったあなたに心から感謝を申し上げるとともに、辛抱強い夫にもお礼を言いたいと思います。
ありがとうございました。

著者　齋藤　利代

〈著者プロフィール〉

齋藤 利代（さいとう りよ）

1955年生まれ。静岡県立沼津盲学校（当時）、京都精華短期大学（当時）を卒業後、点字の本の出版所に勤務。退職後、夫に背中を押され執筆活動に。本書は初めての出版物。

金色のオリー

2024年4月11日　初版発行

著　　者　齋藤 利代
発行・発売　株式会社三省堂書店／創英社
〒101-0051 東京都千代田区神田神保町1-1
Tel 03-3291-2295　Fax 03-3292-7687
印刷・製本　シナノ書籍印刷

©Riyo Saito 2024 Printed in Japan
ISBN 978-4-87923-242-7　C0093

落丁・乱丁本はお取り換えいたします。定価は、カバーに表示してあります。
不許複写複製（本書の無断複写は、著作権法上での例外を除き禁じられています）